KB063451

마크 슈미트의 이상한 대중문화 읽기
Secrets of Popular Culture

written by J. Marc Schmidt

마크 슈미트의
이상한 대중문화 읽기
Secrets of Popular Culture

마크 슈미트 글·그림

김지양 옮김

인간희극

옮긴이 소개

김지양

한국외국어대학교 이탈리아어과 졸업.
한국외국어대학교 통번역대학원 한영과 졸업.
『이것은 자전거 이야기가 아닙니다』, 『강물소리 귀에 쟁쟁하니』, 『영어 글쓰기의 기본』
등을 번역.

초판 1쇄 발행 2008년 8월 7일

개정판 1쇄 발행 2010년 11월 20일

지 은 이   마크 슈미트

옮 긴 이   김지양

펴 낸 이   이송준

펴 낸 곳   인간희극

등   록   2005년 1월 11일 제319-2005-2호

주   소   서울특별시 동작구 사당동 1028-22

전   화   02-599-0229

팩   스   0505-599-0230

이 메 일   humancomedy@paran.com

출   력   경운출력

인   쇄   정성인쇄

I S B N   978-89-93784-06-0 03840

▶contents

III

10년, 16번의 이사,
그리고 9편의 에세이...

나는 1998년 대학을 갓 졸업하고 이제 뭘 하며 살아야할지 모르는 상태였을 때 '스머프에 나타난 정치, 사회적 테마(Socio-Political Themes in the Smurfs)'란 글을 홈페이지에 올렸다.

만화 마니아인 내가 평소 생각해왔던 주제였기에 단순히 생각을 정리하는 차원에서였다. 그런데 며칠 뒤 예상치 못한 반응들이 일어났다. 내 홈페이지에 방문한 사람들이 이 글에 대한 논쟁을 벌이기 시작한 것이다. 이 글에 포함된 사회주의, 페미니즘, 동성애 같은 주제들에 대해 어떤 사람들은 적극적으로 공감을 표현했고 또 어떤 사람들은 단순한 만화를 그런 식으로 해석하는 건 좀 억지가 아니냐는 반응을 보였다. 나는 찬반 여부를 떠나 내 글이 그런 반응을 일으킬 수 있다는 사실이 놀랍고 재미있었다. 그리고

문득 세상의 많은 사람들과 다양한 문화를 접해보고 그에 대한 이야기를 쓰고 싶다는 욕망에 사로잡혔다.

2000년 초 시드니에서 잠시 영어 강의를 하던 나는 더 이상 그런 욕망을 참을 수가 없었고 적당한 출발점을 수소문 해보던 차에 아시아에서 내가 얻을 수 있는 일자리가 의외로 많다는 사실을 알게 되었다. 고심 끝에 나는 상당히 궁했던 나의 처지를 고려하여 왕복 항공권과 아파트 월세비 등 다른 나라들보다 더욱 좋은 조건을 제시하는 한국과 대만 중 한 곳을 택하기로 했다. 당시 한국에서는 김대중 대통령이 김정일과 정상회담을 할 예정이어서 남북한 간에 전쟁이 일어날 확률은 아주 낮았지만 대만은 중국의 미사일 시험발사로 금 사재기가 일어나는 등 좀 어수선한 분위기였다. 그래서 나는 조금 더 안전한(?) 한국을 택했고 2000년 7월 1일 김포공항에 도착하여 내 인생 최초의 정규직인 청주의 '리틀 아메리카'라는 어린이 영어학원의 강사가 되었다.

왜 그랬는지 모르겠지만 나는 한국에 오기 전까지 친구들뿐만 아니라 내 자신에게도 마음의 문을 활짝 열 수가 없었다. 그런데 낯선 땅 한국에서 지내면서 나는 점점 마음의 문이 열리고 내 느낌을 좀더 잘 표현할 수 있게 된 스스로를 발견하게 되었다. 비극적인 과거와 역동적인 현재를 지닌 감상적이고 우울한 나라, 따뜻한 마음과 음악을 사랑하는 사람들로 가득한 나라, 그런 한국이 어쩌면 내 인생에서 적절한 시점의 적절한 장소가 되었는지도 모르겠다.

그 뒤 나는 청주의 한 대학과 진주에서 일하다가 한국을 떠나 독일의 할레와 드레스덴, 호주 북 시드니, 일본 고베 근처의 하리마 등을 다니며 영어 강사로 일했다. 이 책에 포함된 나머지 에세이들은 지난 10년간 3개 대륙에서 16번 주소를 바꿔 가며 쓴 것이다. 그 사이 나는 수많은 사람을 만났고 수많은 책과 영화를 보았으며, 또 몇 번의 사랑에 빠졌다. 그리고 한국에는 우파 정권이 등장했고 미국은 부시의 임기가 끝나고 있으며 해리포터 시리즈는 막을 내렸다. 그 모든 것이 내가 이 책을 쓰는 데 자극과 영감을 주었다.

이 책은 대중 문화 속에 숨겨진 정치·사회적 테마에 대한 에세이집이다. TV 드라마, 영화, 음악, 만화, 소설에 이르는 다양한 대중문화를 대상으로 펼쳐진 여러 가지 주제들에 대해 어떤 이는 공감할 것이고 또 어떤 이는 비판할 것이다. 나는 그 모든 사람들과 이야기하고 토론하고 싶다. 그럼으로써 내 사고의 폭을 확장시키고 싶다. 독자 여러분들에게도 이 책이 그런 역할을 할 수 있으면 더 바랄 것이 없겠다.

2008년 7월

J. 마크 슈미트

1

스머프에 나타난 정치, 사회적 테마

스머프의 아버지 페요의 작업 모습

스머프 마을에도 우울한 날은 있다.

   벨기에 작가 페요(Peyo)[1]의 원작만화를 미국의 프로덕션社가 TV용 애니메이션으로 제작하여, 80년대에 걸쳐 전 세계적으로 방송된 '개구쟁이 스머프'를 기억하는 사람들이 많을 것이다. 이 글은 생뚱맞게도 그 어린 시절 만화영화에 대한 '정치사회학적'인 분석이다.

   '개구쟁이 스머프'는 그 설정부터 아주 독특한 프로그램이다. 우선 만화이고, 만화이니만큼 아이들을 대상으로 제작되었으며 실제 시청자층도 주로 어린 아이들이었다. 그러나 아이들을 대상으로 한 여타의 만화 프로그램들이 몇

---

1 페요는 1928년 벨기에 브뤼셀에서 태어나서 1992년 심장마비로 사망했다. 본명은 피에르 컬리포드(Pierre Culliford)인데, 그의 이름 '피에르'를 발음하지 못한 영국인 사촌이 부르는 대로 peyo가 그의 필명이 되었다. 그가 창조한 스머프라는 캐릭터는 70년대 중반, 톰과 제리로 유명한 한나 바바라(Hanna & Barbera)사에서 TV 시리즈로 제작되면서 전세계적인 사랑을 받게 되었다.

몇 등장인물들을 중심으로 어떤 사건이나 모험을 겪는 개인적이고 사적인 범주의 스토리에 머무는 반면, '개구쟁이 스머프'는 한 사회집단에 대한 이야기이자 그 사회에 포함된 구성원들 사이의 상호작용, 또 그 사회집단과 외부 세계와의 상호작용을 이야기하는 보다 폭넓은 범주의 이야기이다. 따라서 나는 '나니아 연대기(The Chronicles of Narnia)'가 기독교에 관한 우화이듯[2], '개구쟁이 스머프'도 하나의 정치 우화라고 생각한다. 그리고 나는 여기서 '개구쟁이 스머프'는 다름 아닌 마르크시즘 대한 우화라고 주장하려 한다.

'개구쟁이 스머프'가 순진한 어린 아이들을 대상으로 자본주의 사회에 대한 전복적인 사상을 은연 중에 주입시킨 선전물이라고 비난하려는 것은 아니다. 설사 그렇다 할지라도 캐릭터 상품이나 팔아보려고 쏟아져 나오는 '캐릭터 만화'보다는 '개구쟁이 스머프'가 아이들에게 훨씬 더 유익하다고 생각하는데, 여러분들의 생각은 어떠신지? 이 글은 '개구쟁이 스머프'에 보내는 나의 찬사라고 해도 좋을 것이다. 서슬 퍼렇게 동서가 대립했던 80년대의 냉전시대에 마르크시즘을 그런 방식으로 다룰 수 있는 아동 프로그램이 또 어디 있었겠는가? 반공교육에 열을 올렸던 수많은 자유주의 국가에서 '개구쟁이 스머프'가 아무런 제한 없이 방영

---

2 다른 무엇보다 나니아 연대기에 사자의 형상으로 등장하는 아슬란(Aslan)은 예수의 행적을 그대로 모방하고 있다.

되었고 게다가 선풍적인 인기를 끌었다는 점을 생각할 때, 그들은 그야말로 멋지게 속아넘어갔던 것이다. 또한 '개구쟁이 스머프'는 그것이 표현하려 했던 것이 자본주의냐, 공산주의냐를 떠나, 은유와 동화라는 도구를 이용해 아이들에게 어떤 정치적 테마를 소개했다는 점에서 찬사를 받아 마땅하다.

사실 '개구쟁이 스머프'의 원작자인 페요가 공산주의자였다는 실질적인 증거는 그 어디에도 없다. 그러나 그의 작품 속에는 우연이라고 하기에는 너무도 명백한 의도로 공산주의적인 요소들이 등장하므로 우리는 그가 어느 정도 마르크시즘에 심취해 있었다는 점을 추론할 수 있다. 또한 우리는 그가 구소련이나 동구권 국가들의 억압적인 경찰국가 체제를 신봉하는 사람은 아니었을 것이라는 사실 또한 추측할 수 있다. 그는 이상주의자였다. 한 예로 스머프 마을에는 군대도 경찰도 존재하지 않는다. 드물게 필요한 경우에는 스스로 민병대를 구성해서 위협을 물리칠 뿐이다. 즉 스머프 마을은 구소련을 중심으로 이미 실패해버린 사회체제로 판명난 공산주의와는 분명히 대치되는 유토피아적인 마르크시즘 사회를 그리고 있는 것이다. 한편으로 나는 '개구쟁이 스머프'에 나타난 마르크시즘뿐만 아니라, 스머프 마을의 페미니즘과 동성애 문제도 여러분께 폭로(?)하려 한다. 마냥 '랄랄라' 노래만 부르며 살고 있을 줄 알았던 그들의 조금은 복잡한 마을로 여러분을 다시

금 초대한다.

* * *

스머프 마을은 그 자체가 사회주의자들이 꿈꾼 공동 생활체, 혹은 코뮌(commune)의 완벽한 전형이다. 스머프 마을은 자급자족하며, 토지는 사유물이 아니라 전체 스머프의 공동 소유이다. 그리고 이 마을의 대표자 역할을 하는 파파 스머프는 공산주의의 창시자 칼 마르크스를 닮았다. 그는 우월적인 지도자라기보다는 다른 스머프와 동급이면서도 나이와 경륜 때문에 존경 받는 인물이다. 파파 스머프의 덥수룩한 수염은 대번에 마르크스를 연상시킨다. 그 자체로 마르크스의 캐리커처라고 해도 무방할 정도이다. 덧붙여 그것을 상징하기라도 하듯이 그는 관습적으로 사회주의를 상징하는 붉은색 옷을 입고 있다. 한편 똘똘이 스머프는 트로츠키를 연상시킨다. 그는 마을에서 유일하게 파파 스머프와 지혜를 겨룰 수 있는 스머프이자 사색가이다. 동그란 안경을 쓴 똘똘이 스머프의 모습 역시 우연이라고 하기엔 너무도 트로츠키와 닮아있다. 똘똘이 스머프는 그가 가진 생각 때문에 마을 공동체에서 소외되고 조롱 받고, 심지어 추방당하기도 한다. 트로츠키 역시 그의 급진적인 사상으로 인해 구소련에서 추방된 인물이다.

스머프들은 각각 그 직업과 특징이 다른데도 불구하고 모두 평등하다. 농부 스머프, 편리 스머프, 욕심이 스머프

파파 스머프와 마르크스

똘똘이 스머프와 트로츠키

가 게으름이 스머프, 투덜이 스머프, 수선이 스머프에 비
해 그 역할 면에서 더욱 중요하기는 하지만, 궁극적으로
그들 모두는 다 같은 '스머프'이므로 직업이나 기술의 수준
때문에 누가 더 우수하다거나 열등하다는 감정은 그들 사
이에 존재하지 않는다.

경제적으로 보자면 스머프 마을은 폐쇄 시장의 성격을
띤다. 돈은 존재하지 않고, 모든 물건은 공동 소유이다. 스

머프 마을에는 단 하나의 큰 자본, 혹은 생산의 도구가 존재하는데 그것은 바로 댐이다. 다른 모든 물건과 마찬가지로 공동체 전체가 이 댐을 소유하고 운영하고 수리한다. 모두가 노동자이면서 또 동시에 주인인 것이다. 따라서 스머프는 탐욕과 불평등이 존재하는 자유시장 경제라는 개념을 거부한다. 또한 개인보다 공동체가 더 중요하고 가치 있는 것으로 간주되며, 하나의 전체가 그 부분의 집합보다 더 위대하다는 신념을 바탕으로 행동한다. 이를테면 존 레논의 히트곡 '이매진(imagine)'의 가사가 현실화된 사회가 바로 스머프 마을인 것이다.

상상해보세요 천국이 따로 없는 세상을
당신이 노력한다면 그건 쉬운 일입니다,
그러면 우리 밑에 지옥도 없을 것이고
우리 위에는 오직 하늘만 있을 뿐,
상상해보세요 모든 사람들이 오늘을 위해 사는 것을

상상해보세요, 국경이 없는 세상을
그건 어려운 일이 아닙니다,
누굴 죽이거나 죽을 이유도 없겠지요,
종교도 없어지겠지요,
상상해보세요 모든 사람이 평화스럽게 사는 것을

당신은 나를 몽상가라 부를지 모르지만
나는 혼자가 아니랍니다,
언젠가 당신도 우리와 함께 하길 바랍니다,
그러면 세상은 하나가 될 거예요,

소유가 없다고 상상해보세요,
당신이 할수 있을지 모르지만
소유가 없다면 탐욕도 굶주림도 없고
사람은 모두 한 형제가 될텐데,
상상해보세요 모든 사람이 이 세상을 함께 나누는 것을

당신은 나를 몽상가라 부를지 모르지만
나는 혼자가 아니랍니다,
언젠가 당신도 우리와 함께 하길 바랍니다,
그러면 하나된 세상에서 살 수 있어요,

한편 스머프는 모두 똑같이 서로를 '스머프'라는 명칭으로 부른다. 예를 들어 똘똘이 스머프, 편리 스머프, 익살이 스머프, 게으름이 스머프, 파파 스머프, 이런 식이다. 이는 사회주의 국가에서 그 어떤 관계라도 상관 없이 서로를 '동무'라고 부르는 것을 떠오르게 한다. 마을의 완전한 평등에 더해 대부분의 스머프는 같은 종류와 같은 색상의 옷을 입고 있다. 평범한 작업복인 스머프의 옷은 독특한 모자와 푸른 피부색과 더불어, 마오쩌둥 통치 하의 중국에서 흔히 볼 수 있었던 마오복을 연상케 한다.

순수 마르크시즘의 전통과 같이 스머프 마을은 무신론(atheism) 사회이다. 신은 존재하지 않으며 성직자 스머프도 없다. 자연 어머니(Mother Nature)와 시간 아버지(Father Time)라는 캐릭터로 은유적으로 표현된 자연과 물리학의 '실재하는' 힘만 존재할 뿐이다. 파파 스머프, 가가멜, 발타자르(가가멜의 대부) 등이 마법을 행하기도 하지만 이 역시 자연에서 일어나는 일, 물리적 특성을 가지며 적절한 기술을 통해 이용할 수 있는 또 하나의 도구일 뿐이다. 종교처럼 초자연적 맥락에서 우주를 이해하는 방식이 아닌 것이다.

총 256화의 에피소드 중 '스머프 대왕' 편은 단연 압권이다. 이 에피소드는 탐욕스러운 왕(그리고 자본가들)이 자신의 이익을 위해 인민을 착취하는 억압적이고 사악한 정부와, 선하고 평등주의적인 마르크스 정치 모델 사이의 충돌을 생생히 묘사하고 있다. 이 에피소드에서 똘똘이 스머프는 파파 스머프가 없는 틈을 타 스스로 마을의 왕이 된다. 횡포에 시달리던 다른 스머프들은 그를 타도하기 위해 민병대를 조직해 대항하고 결국 파파 스머프가 돌아오자 기존의 유토피아적인 질서가 회복되는 것으로 이야기는 마무리된다. 여기에서 마르크스로 상징되는 파파 스머프의 복귀로 모든 문제가 해결된다는 것은 중요한 의미를 가진다. 이는 본래의 순수한 사상으로 돌아갔을 때에만 이상적인 공산주의 사회가 가능하다는 점을 보여주는 것이 아닐까?

이번엔 '개구쟁이 스머프'에서 빼놓을 수 없는 존재인 가가멜을 살펴보자. 사악한 마법사 가가멜은 자본주의를 상징한다. 가가멜은 자본주의의 온갖 부정적인 면을 한 몸에 다 지닌 듯한 캐릭터이다. 탐욕스럽고 무자비하며 유일한 관심사는 자신의 개인적인 욕구충족이다. 그는 한 개인이 자신이 속한 사회보다 자신을 더 중시했을 때 나타나는 인간의 한 단면을 보여준다. 가가멜이 진정한 친구라고는 하나도 없는 미치고 늙은 운둔자로 묘사되는 것은 절대 우연이 아닌 것이다.

그런데 가가멜은 언제나 스머프를 손아귀에 넣고 싶어 안달이 난 모습이다. 가가멜은 스머프를 가지고 무엇을 하

스머프와 가가멜의 관계와 흡사한
실베스터와 트위티

가가멜과 아즈라엘

려고 하는 것일까? 그는 두 가지 계획을 가지고 있다. 하나는 스머프를 잡아먹는 것이다. 이는 좀 이상하다. 스머프는 작고 희귀해서, 예를 들면 사슴 같은 좋은 먹거리가 되지 못할 것이니 말이다. 이는 실베스터가 골프 공만한 먹이인 트위티에게 집착하는 것과 비슷하다. 이에 대해서는 두 가지로 설명할 수 있다. 첫째, 은유적으로 가가멜은 스머프로 대변되는 사회주의를 먹어 치우고 싶어한다는 것이다. 냉전 시대에 서구사회가 봉쇄 정책을 통해 소련과 그 위성국가를 멸망시키려 한 것처럼 말이다. 둘째로, 순수 자본주의자인 가가멜이 인간을 포함한 모든 것을 상품화하고 싶어한다는 것이다. 가가멜이 스머프를 잡아서 하고자 했던 두 번째 계획이 바로 스머프를 금으로 만드는 것이었다. 궁극의 골수 자본주의자인 가가멜은 평등과 공정함보다는 언제나 자신의 부에 더 관심이 많다. 아담 스미스를 신봉하는 자본가가 누구나 그렇듯 최대한 많은 돈을 원하는 것이 가가멜의 '자연스러운' 상태인 것이다. 때문에 가가멜은 차갑고 지독하며 근본적으로 공허한 인간이다. 그의 삶은 부와 재산에 대한 맹목적인 추구 외에는 아무 것도 없다. 그는 실리적인 합리주의의 반사회적 효과에 대한 확증적인 실례이다.

한편 가가멜의 충실한(?) 고양이 아즈라엘은 가가멜이 사는 성(城)이 상징하는 냉혹한 자유시장 체제 하의 노동자를 나타낸다. 아즈라엘은 불평을 하지 않는다. 아니, (노동조합과 같은) 목소리가 없기 때문에 불평을 할 수가 없다. 더불어 아즈라엘은 주인 가가멜과 임금협상을 할 수가 없기에 주인이 주는 것이 무엇이든 간에 그것을 먹을 수밖에 없다. 이런 가가멜과 아즈라엘의 관계는 부르주아지와 프롤레타리아의 관계를 빼다 닮았다. 아즈라엘은 착취와 억압을 당하면서도 주인을 위해 싸우고 사냥을 하느라 목숨을 내걸 수밖에 없으며, 무엇보다도 이런 불평등한 상황에 대해 질문을 던질 지적 능력이 없다. 이것은 마치 수세기 동안 노동자들이 교육의 기회에서 소외된 채 자신의 고용주를 위해 일하는 것 이외에 다른 선택의 여지가 없는 운명 속에서 고통 받아 왔던 것과 유사하다. 이렇듯 여러 모로 스머프 마을과 가가멜의 성은 대조적이다. 가가멜은 자신의 성과 그 안의 연금술 도구라는 자본을 독차지하고 있다. 이는 스머프의 마을의 소유 방식과는 전혀 다른 방식이다. 만약 가가멜의 성에 스머프들과 동일한 정치 구조가 존재한다면, 가가멜은 덩치, 지식, 기술 등에서 열등한 아즈라엘과 자신이 가진 모든 것을 공유해야만 할 것이다. 그러나 이것은 가가멜의 본성과는 도무지 맞지 않는 체제이다.

'스머프' 시리즈의 후반에는 스머플링(Smurflings)이라는 기존의 스머프와 색깔과 옷과 외모가 차별화된 캐릭터가 추가되었다. 이는 '개구쟁이 스머프'의 인기를 더욱 높이고 시장성을 증가시키려는 현실세계의 상업적 이해관계가 적용된 것이다. 그런데 아이러니하게도 이런 노력은 도리어 스머프 시리즈의 인기를 시들하게 만들고 말았다. 이는 스머프 마을의 유토피아적 조화를 위협하는 자본주의의 침입에 대한 은유로도 읽힐 수 있을 것이다. 80년대 중반 고르바초프의 글라스노스트와 페레스트로이카 개혁 정책이 결국 소련의 붕괴를 예고했듯이 말이다.

* * *

페미니스트 모니크 위티그(Monique Wittig)에 의하면 남성은 자신의 직업으로 그 정체성이 규정되는 데 반해, 여성은 '여성' 그 자체로만 규정된다고 한다. 예를 들어, 사고 소식이 보도될 때 그 희생자 명단은 종종 '교사 1명, 배관공 1명, 여성 1명'하는 식으로 작성된다는 것이다. 스머페트(Smurfette)는 스머프 마을에서 직업이나 성격적 특징으로 규정되지 않고, 대신 성(性)으로만 규정되는 유일한 존재이다. 사실 스머페트는 스머프 마을의 진정한 구성원조차 아니다. 이는 스머페트가 최초에 가가멜에 의해 만들어졌다는 설정을 통해 간접적으로 표출된다. 또한 스머페트의 이름 뒤에 붙은 'ette'는 주로 축소형 어미로 사용되는 것으로, 이 역시 스머페트가 남자 스머프와 동등하지 않음을 나타낸다. 스머페트는 어쨌든 제2 순위의 성인 것이다.

나는 앞서 모든 스머프가 평등하다고 단언했다. 하지만 스머페트의 존재가 이런 자신감에 조금은 불확신을 안겨준다는 사실을 고백할 수밖에 없다. 원래 모두가 남자였던 스머프 마을에 스머페트 한 명이 들어왔다 해서 그 가부장적인 질서가 변한다는 것 자체가 무리였을까? 스머페트는 다른 스머프들과 정치적으로는 동등할지 몰라도 사회적으로는 결코 그렇지 않다.

스머프 마을은 이상적이기는 하지만 성차별적이고 가부장적인 곳이기도 하다. 그곳에서 여성은 공동체의 일부가 아니다. 여성은 직업과 외부세계의 '공적인 영역'에 종사하지 않으며, 물론 노동도 하지 않는다. 스머프 마을에

스머프 마을의 홍일점, 스머페트

서 스머페트의 주된 일이란 예쁘게 치장하고 돌아다니는 것, 다시 말해 '여성으로서 존재하는 것'으로 보인다. 그나마 다행스러운 것은 스머페트가 얼굴만 예쁘고 머리는 텅텅 빈 백치미녀로 묘사되지는 않는 것이다. 몇몇 에피소드에서 보면 스머페트는 다른 스머프보다 조금 더 영리한 모

습을 보여주기도 한다(물론 파파 스머프만큼은 아니지만 말이다). 그럼에도 불구하고 스머페트는 여전히 남성의 시선 속에서만 존재하는 '대상'이다. 주체는 언제나 남성이며, 때문에 그들은 적극적이고 스머페트는 수동적이다.

한편 스머페트는 여타의 다른 외향은 성숙한 여인으로 묘사되고 있는데 반해, 유독 가슴은 생략된 모습이다. 스머페트가 어떻게 창조되었는지를 생각해 볼 때 이는 아주 중요한 사실이다. 애초에 스머페트는 스머프를 잡는 데 이용할 목적으로 가가멜이 만든 프랑켄슈타인 같은 존재였다. 자본가인 가가멜은 당연히 스머페트를 상품으로 취급한다. 돈을 번다는 궁극적 목표를 위해 만들고, 사용하고, 폐기할 수 있는 존재 말이다. 이렇듯 여성이 남성에 의해 만들어진다는 설정 자체가 출산이라는 중요한 역할을 수행하는 여성의 사회적 지위를 의도적으로 부정하는 것이다. 스머페트에게 가슴이 없다는 사실은 이러한 자연에 대한 부정, 즉 여성을 통제하고 가부장적 질서에 의해 부여된 사회적 표준에 그녀들을 맞추려는 남성들의 시도로 읽힐 수 있다.

스머페트는 남성 스머프들을 본따서 만들었다는 점에서 그 태생부터가 부차적인 창조물이다. 더구나 스머페트는 가가멜의 불순한 의도로 의해 만들어진 '가짜' 스머프이기 때문에 돌로 된 심장을 지닌 지극히 비자연적이고 사악하며 잘못된 존재이다. 이는 수세기 동안 가부장적 문화에서의 여성에 대한 시각과 일맥상통한다.

그렇다면 이렇게 사악한 스메페트는 어떻게 해서 스머프 마을에 편입될 수 있었을까? 첫째, 그녀는 그녀의 태생적인 투쟁의식(비록 가가멜의 의도가 개입된 것이긴 하지만)을 완전히 상실함으로써 스머프 마을에 편입될 수 있었다. 남성 중심 사회가 만들고 유지해 온 스머프 마을의 구조에 맞춰 고분고분하게 말 잘 듣는 존재가 된 것이다. 둘째로 그녀는 아름다워짐으로써 스머프 마을에 받아들여졌다. 파파 스머프는 스메페트가 '진짜' 스머프가 되도록 주문을 거는데, 이 과정에서 원래 검은색 머리를 가졌던 스메페트는 금발로 탈바꿈되고, 그럼으로써 예전보다 더 아름다워지는 것으로 묘사된다. 서양 사회에서 전통적으로 존재해 온 편견 하나가 여기서도 등장하는 것이다. 바로 머리 색이 검은 여성들은 똑똑하지만 덜 매력적이고, 금발은 멍청하지만 더 매력적이라는 것이다. 이렇듯 여성에게 있어서 못생긴 것은 나쁜 것과 같고, 아름다운 것은 옳은 것, 그리고 더 나아가 '진짜'라고까지 인정되는 편견이 스머프 마을에도 존재하며, 아름답고 추한 것을 구분하는 기준조차 바로 가부장적인 질서에 얽매여 있는 모습을 우리는 확인할 수 있다. 남녀의 성비가 99대 1인 가부장적인 스머프 마을에서 스메페트는 남성 스머프에 의해 변화되었고, 남성의 기준에서 아름다워졌으며, 그리고 결국은 주어진 것에 감사하며 살아간다.

대표적 페미니스트 글로리아 스타이넘(Gloria Steinem)은 언젠가 이렇게 썼다.

'역사 최초의 여장 남자가 바로 여성이다
(women were history's first drag queens)'

이 말은 우리가 본래 여성적인 특성이라고 인식해 온 모든 외향적인 이미지가 실은 가부장적인 질서에 의해 강요된 것일 수 있다는 뜻이다. 그녀의 말에 따르면 여성들이 남성과 구분되기 위해 '여자처럼' 보일 이유는 전혀 없는 것이다. 즉 만약 여성이 스머프에 있어서 '자연스러운' 성이라면 지금껏 스머페트를 규정지었던 금발, 긴 속눈썹, 스커트 등의 외향에 기대지 않고서도 그들은 스머페트를 구별해내고 받아들일 수 있어야 한다.

그런데 성비가 50대 50인 스머프 마을을 상상해보면 어떨까? 한 가지는 분명한 것은 그 마을이 현재 우리가 알고 있는 스머프 마을처럼 유토피아는 아닐 것이라는 점이다. 이는 아마도 이상적인 마르크시즘 국가는 모든 것이 동등할 때, 심지어 성적으로도 동등할 때만 진정으로 기능할 수 있다는 사실을 뜻하는 것일 수도 있다. 그렇다고 모두가 여자인 스머프 마을을 유토피아적으로 상상하는 것도 쉽지만은 않다. 그것은 아마도 은연 중에 우리 사회 깊이 내재된 본질적인 성차별주의 때문일 것이다.

* * *

스머페트가 등장하기 전까지 스머프 마을의 구성원은 모두 남자였다. 이는 스머프들이 전통적인 방식(여성에 의한 출산)으로 태어난 것이 아니라는 점을 의미한다(실제로 스머프의 종족번식은 황새가 어디에선가 아기 스머프를 데려다 주는 것으로 묘사된다). 따라서 '이성애'는 스머프 마을에서 일반적인 현상이 아닐 것이다. 이런 점에서 스머프 마을을 인류 역사상 순수 민주주의에 가장 가깝다고 생각되는 아테네 같은 고대 도시 국가와 비교해 보는 것도 흥미로운 일이다. 아테네에서 국가의 권력은 모든 사람에 의해 비롯되는 것이었는데 여기서 '모든 사람'이란 남성만을 의미한다(물론 노예는 자동 제외다). 여성은 공적인 업무에는 전혀 참여할 수 없었다. 이렇듯 스머프 마을과 여러모로 흡사한 이 아테네에서는 동성애가 드물지 않았고, 별로 나쁘게 생각되지도 않았다.

스머페트가 등장한 이후라고 상황이 달라지지는 않는다. 단 한 명의 스머프도 스머페트와 이성적인 관계를 맺지는 않는다. 스머페트를 놓고 덩치와 편리 사이에 유치한 경쟁관계가 벌어지긴 하지만, 스머프 마을 어디에도 진정한 이성애적 긴장은 존재하지 않는다. 덩치와 편리의 경쟁관계마저도 스머페트를 핑계 삼아 서로의 관심을 끄는 데 더 큰 목적이 있는 것으로 보이니까... 나는 덩치, 편리, 허영이가 바로 동성연애자의 전형이라고 생각한다. 허영이는 영미권에서 제작되는 시트콤에 빈번히 등장하는, 이성애자들에게 웃음거리를 제공하는 전형적인 게이의 모습이다. 그들은 모자에 꽃을 꽂고 언제나 거울 속의 자신의 모습에 심취해 있는 허영이의 과장된 캐릭터처럼 주변 사람들에게 유별난 존재로 인식된다. 반면 덩치와 편리는 전통적인 남성성을 극도로 강조한 팝 그룹 '빌리지 피플(village people)'과 같은 맥락의 게이의 전형이다. 게다가 다른 스머프들은 모두 무시하는 똘똘이 스머프의 말을 귀담아 들어주는 주책이 스머프를 보면 그 둘의 관계 역시 전형적인 게이 커플을 상징한다는 느낌을 지울 수 없다.

그런데 한 가지 풀리지 않는 의문점이 있다. 여성이 존재하지 않은 채로 스머프 마을이 그렇게 오랫동안 지속되었다면, 어떻게 스머프들은 스머페트라는 존재를 이해할 수 있었을까? 숲 속의 다른 동물들을 통해 암수의 구별을 익혔다 하더라도 이성애라고는 전혀 존재한 적도 없고 이성의 매력이 무엇인지도 이해할 수 없는 그 마을에서 스머페트가 어떻게 누군가를 유혹할 수 있겠는가? 아무리 생각해도 스머프 마을에서 동성애는 필연적인 것이 되어버린 것 같다. 아마도 페요는 거기까지 생각하지 않은 채 스머페트를 등장시켰을 것이다. 어쨌든 우리가 사는 실제 세상에서 이성애는 너무도 당연한 것이니까 말이다.

나는 여전히 페요가 우화적인 동화의 형식을 빌어 의도적으로 마르크시즘의 이상적인 세계를 재현하려 했다고 믿는다. 더 나아가 '개구쟁이 스머프'는 우리가 사는 실제

〈Y.M.C.A.〉로 유명한 빌리지 피플은 1970년대의 대표적인 게이 그룹이다.

스머프는 동성연애자일까?

세상의 여러 가지 모습들을 반영함으로써 뛰어난 판타지
문학으로 성공하고 있다. '개구쟁이 스머프'가 매력적인 건
무엇보다도 그것이 그리고 있는 유토피아적인 공동체 때

문일 것이다. 이것이 비록 현실 세계에서 이뤄지기엔 너무 개연성이 없을지라도, 우리는 그러한 세계를 상상하며 음미할 수는 있다.

Dress rehearsals for the new off-off-Broadway play, "Socialist Men Under Red Father."

- 편리야, 주체는 죽었어! 모르겠니? 홍수가 스머프베리를 쓸어가 버려서 우리가 바깥 세계에 도움을 구걸해야 했던 그 순간 죽었다구!

- 남자의 자존심 좋아하네! 날 봐! 날 보라구!

브로드웨이 옆 옆길에서 상연하는 새 연극 "붉은 아버지 휘하의 사회주의자 남성들(SMURF)"의 리허설 중에서

2

SF와 군국주의

영화 스타쉽 트루퍼스의 한 장면

스타쉽 트루퍼스는 왜 벌레에 맞서 싸울까?

　물론 반박의 여지가 많겠지만 내 기준으로 볼 때 한국은 내가 경험했던 다른 아시아 국가보다 조금 더 성차별적인 국가이다. 그리고 성 평등에 대한 한국인의 관점은 오스트레일리아 사람인 나와는 무척 다르다고 느낀 적이 많다. 나는 이 차이가 한국의 의무징병제와 관련 깊다고 나름대로 판단을 내리고 있다.

　나는 한동안 시드니에서 외국인 학생들에게 영어를 가르쳤는데, 학생 대부분이 한국인이었다. 나는 남자이기 때문에 성차별주의를 느끼더라도 직접 피해를 보거나 위협을 느끼지 않아 그다지 신경을 쓰지는 않았다. 하지만 내 여성 동료이자 좋은 친구인 제니스는 한국 남자의 성차별주의에 대한 짜증을 토로하곤 했다.

제니스는 한국 남학생들에게 계속 괴롭힘을 당하고 있으며, 그것이 영어 강사로서의 자신의 직업에 대한 자세에까지 영향을 주고 있다고 했다. 모두 그런 것은 아니지만 많은 한국 남자들이 그녀의 외모에 대해서 한 마디씩 평가를 내리고 그녀가 아직 결혼하지 않은 이유를 꼬치꼬치 캐물으며, 단지 그녀가 여성이라는 이유로 그녀를 교사로서 존중하지 않는다는 것이다. 그녀는 그런 성차별적인 말을 들을 때마다 호주에서 여성에 대한 태도는 한국에서와 다르기 때문에 그런 식으로 이야기를 하는 것은 성차별적이며 불쾌하다고 참을성 있게, 여러 번 반복해서 설명했지만 한국 남학생들의 태도는 쉽게 변하지 않았다.

그런데 그들이 성차별주의의 근거로 주로 이용하는 주장이 흥미로웠다. 그 이유가 너무 단순했기 때문이었다. 한국 남자들은 26개월간(당시 기준) 의무적으로 군 복무를 하지만 여성들은 그렇지 않다는 것이었다. 그들은 이를 근거로 동등한 권리에 대한 주장을 묵살했고 여성이, 심지어 제니스 같이 자신들의 의무복무와는 상관관계가 없는 외국 여성이 남성과 동등하고 싶다는 말을 하면 그들은 이렇게 얘기했다.

"아, 그럼 군대를 가시든지…"

제니스는 군 복무를 한 사람이, 하지 않은 사람을 열등하게 취급하는 것은 말이 안 된다고 얘기했지만 그런 주장은 한국 남자들에게는 공감을 얻지 못했다. 그렇다고 제니스가 한국군대에 입대할 수도 없고, 도대체 그들은 제니스 보고 어쩌란 것이었을까?

* * *

호주에서 1년 중 가장 중요한 공휴일은 바로 '안작 데이(Anzac Day)'이다. 4월 25일인 안작 데이는 1차 세계대전 중 '안작(Anzac: Australian and New Zealand Army Corps), 즉 호주와 뉴질랜드 연합군이 당시 오트만 제국을 공격하기 위해 터키의 갈리폴리(Gallipoli) 반도에 상륙한 것을 기념하는 날이다. 상륙작전은 성공적이었으나 이후 독일과 오트만 제국의 역공에 밀려 호주-뉴질랜드 연합군은 8,000명이 전사하고 18,000명이 부상을 당하는 막대한 손실을 입은 채 퇴각하고 만다. 그러나 이 날은 영국군의 이름이 아니라 사상 최초로 호주와 뉴질랜드가 연합군을 구성하여 국제사회에 등장하였기 때문에, 진정한 의미의 호주 건국일로 여겨지기도 한다. 마치 진정한 국가의 탄생은 피의 대가가 있어야만 이루어진다는 듯이 말이다.

그래서 그런지 안작 데이 행사는 거의 종교적인 엄숙함으로 치러진다. 행사는 해가 뜨기 전부터 시작한다. 전쟁에서 목숨을 잃은 마을 청년들의 명단이 새겨진 기념탑 '세노타프(cenotaph)'에 마을 사람들이 새벽부터 모여 기도와 시, 찬사를 낭독하고 머리 숙여 묵념을 한다. 이 행사는 모든 호주인과 뉴질랜드인에게 병사들의 희생을 절대로 잊지 말라는 일종의 경고를 하는 것으로 끝이 난다.

　"우리는 잊지 말아야 합니다(Lest we forget)."

　그리고 해가 지평선 위로 떠오를 때 '라스트 포스트(The Last Post)' 나팔 소리가 울려 퍼지고 1분간 묵념을 한다. 라스트 포스트는 주로 장례식에서 연주되는 아주 엄숙한 느낌의 나팔 독주이다.

　이런 새벽 행사는 호주와 뉴질랜드에서도 성대하게 이뤄지지만 가장 대대적으로 펼쳐지는 곳은 바로 터키 갈리폴리이다. 그곳은 호주인과 뉴질랜드인에게 거의 성지와도 같은 곳이다. 기독교인들이 예루살렘으로 성지순례를 가듯이 많은 호주인과 뉴질랜드인이 살면서 한 번은 일종의 성지 순례로 그곳을 방문하고 싶어한다.

　새벽 행사를 끝내고 낮이 되면 참전용사들은 옛 전우들과 다시 만난다. 그리고 대도시에서는 옛 군복을 입은 늙은 병사들이 퍼레이드를 벌이는데 거리에는 친구, 가족, 후원자들이 줄을 지어 환영하고 TV는 그것을 생중계한다. 이 참전용사들은 함께 술을 마시며 지난날을 추억하며 '투업(Two up)' 게임을 한다. 투업은 제1차 세계대전 당시 호주 병사들이 하던 오래되고 단순한 도박으로, 카지노 밖에서는 안작 데이에만 합법적으로 즐길 수 있다.

　1970년대에 베트남 전쟁으로 인한 반전여론이 높아졌을

안작 데이 퍼레이드 광경

때는, 안작 데이가 전쟁에 대한 찬양으로 여겨져 지금처럼 눈에 띄게 기념되지 않기도 했다. 그러나 1980년대와 1990년대에 원조 안작 참전 용사의 수는 꾸준히 줄어들었고, 참전 용사의 수가 줄어들면서 안작 데이가 호주인들에게 가지는 중요성은 점점 커지는 듯했다. 마지막 안작 용사 알렉 캠벨(Alec Campbell)이 2002년에 세상을 떠났을 때 그의 장례는 국민장으로 치러졌다. 군인으로서 그의 경력은 그다지 화려하지 않았지만 그가 세상을 떠난 날은 호주 역사에서 한 시대의 끝을 의미했다.

대부분의 나라에서 그렇듯 전쟁은 호주에서도 국가 정체성의 매우 중요한 부분이다. 아무리 이라크에 파병하는 것을 반대해도 매순간 '나는 해외에 나가 있는 우리 호주

군을 지지합니다'라고 말해야만 하는 분위기에 휩싸일 때도 있다. 그리고 참전용사들은 가장 높은 수준의 존경을 받는다.

보통 우리는 폭력과 싸움을 혐오하지만 그것이 국가의 이름으로 행해질 때는 얘기가 달라진다. 국가의 이름을 앞세운 싸움은 영광스럽고 존경 받을 일이며, 국방을 위해 목숨을 바치는 것은 가장 숭고한 죽음이 된다. 이를테면 쇼핑 센터에서 자살 폭탄 테러를 하는 것은 최악의 범죄이지만, B-29에서 융단 폭격을 해 쇼핑센터를 폭파시키는 것은 무공훈장을 받을 일인 것이다. 패닉과 공포를 조장하기 위한 민간인 대량 학살조차 국가를 위해 행해진다면 정당화될 수 있다. 사실 패닉과 공포 전략은 알카에다가 개발한 전술이 아니라, 이미 제2차 세계대전 당시부터 루프트바페(독일 공군)와 RAF(영국 공군), 그리고 미 공군이 완벽하게 다듬은 전술이다.

물론 예외적인 경우도 있다. 유태인 학살에 가담한 나치군과 A급 전범 12명과 함께 야스쿠니 신사에 안장된 제국주의 시대의 일본군은 그들 역시 국가를 위해 목숨을 바쳤음에도 비난의 대상일 뿐이다. 그들은 단순히 운이 없었던 것일까? 승전국이냐 패전국이냐에 따라 참전용사의 가치는 달라지는 것일까? 과연 군대를 갔다 온 사람에게 사회는 어느 정도의 대접을 해줘야 하는가? 국가의 이름으로 행해진 폭력은 어디까지 정당화될 수 있는 것일까? 이런 질문들을 떠올리며 나는 '스타트랙'과 '스타쉽 트루퍼스'를 살펴보려고 한다.

* * *

'스타트랙'에 등장하는 미래의 지구는 완전한 평화를 누리고 있다. 지구는 같은 가치를 공유하며 서로 평화롭게 지내는 행성들의 조직인, '행성 연방'의 일원이다. 이 행성연방은 지금의 UN과 비슷한 조직이다. '스타트랙'에는 돈이 존재하지 않는다. 국가에서 집을 무상제공하고 음식은 '복제기(replicator)'라고 부르는 독창적인 기계에서 무료로 제공된다. 거리상의 제약도 없어진다. 또 하나의 독창적인 발명품인 '트랜스포터(transporter)'를 통해 모든 이들이 어느 곳으로든 즉시 이동할 수 있기 때문이다.

'스타트랙'의 세계에서 과학은 인류를 더욱 자유롭게, 그리고 더욱 동등하게 만들었다. 따라서 과학자는 이 유토피아에서 가장 존경 받는 직업 중 하나이며 과학자로서 일할 수 있는 '스타플리트(Starfleet)'는 모두가 선망하는 조직이다. 스타플리트는 준 군사조직으로 연방 행성 어느 곳에서도 스타플리트에 지원할 수 있으며 연방 소속이 아닌 행성에서도 추천장만 있으면 지원이 가능하다. '스타트랙'의 세 번째 시리즈인 '스타트랙: 딥 스페이스 나인'에서 비연방 소속인 페렝기(Ferengi)족의 나그(Nog)가 스타플리트 아카데미에 들어올 수 있었던 것도 바로 이런 열린 제도 때문이다.

스타플리트는 '엔터프라이즈'호 같은 우주선과 딥 스페이스 나인 같은 우주 정거장으로 구성되어 있다. 우주선은 모두 빛보다 빠른 속도로 움직이며 과학 연구를 위해 은하계의 이쪽 끝에서 저쪽 끝까지 종횡무진 옮겨다닌다.

"새로운 행성을 탐구하고… 새로운 생명체와 새로운 문명을 찾고… 예전에 아무도 가지 못했던 곳으로 과감하게 가기 위해!"

이는 '스타트랙: 넥스트 제너레이션'에 등장하는 유명한 오프닝 멘트이자 스타플리트의 기선 스타쉽 엔터프라이즈 NCC1701-D호의 사명 선언이기도 하다. 그러나 과학 연구만이 스타플리트의 유일한 직무는 아니다. 앞서 말했듯이 준군사조직인 스타플리트의 또 다른 임무는 바로 전쟁과 방위이다. 각 우주선은 페이저(phasers)와 포톤 토피도(photon

탐사선이자 전투선인 엔터프라이즈호

torpedoes, 양자어뢰) 등 무시무시한 무기로 무장하고 있고 그 구성원 또한 소위부터 제독까지, 지금의 해군과 아주 비슷한 조직으로 편성되어 있다.

그들이 맞서 싸워야 하는 상대는 외계의 침략자들이다. 대표적인 적은 클링온 제국으로 그들은 첨단 무기를 가지고 있음에도 불구하고 여전히 직접 몸으로 부딪치며 싸우기를 좋아하는 아주 호전적인 종족이다. 평소 지적인 과학자의 면모를 보이던 스타플리스의 구성원들은 이들에 맞서 한 치의 빈틈도 없는 군인으로 돌변한다. 스타플리트의 모든 구성원들은 각자의 역할에 맞춰 톱니바퀴 돌듯이 유기적으로 움직이며, 필요에 따라 군의관이 우주선을 지휘하고, 정보장교가 페이저를 발사하는 등, 임무대체 능력도 탁월하다.

사실 '스타트랙'의 세계가 평온하고 안정돼 보이는 것은 그들 모두가 군인이기 때문이다. 그들은 평소에 하는 일이 무엇이든 간에, 남자이든 여자이든 간에, 그들이 속한 세계에 위험이 닥치면 군인으로서의 역할을 다한다. 그들이 폭력을 행사하는 이유는 너무도 명백하고 최후의 수단이기 때문에, 그리고 모두가 그 폭력에 일조를 하기 때문에 그들에게는 전쟁과 폭력에 대한 그 어떤 가치관의 혼란도 없다.

* * *

영화 '스타쉽 트루퍼스'는 로버트 A. 하인라인의 동명 SF 소설에 착안하여 고도로 군사화된 사회를 그리고 있다. '스타쉽 트루퍼스'에서 지구는 참전용사로만 구성된 네오 파시스트 공화국이 통치하고 있다. 민주주의이긴 하지만 참정권과 정부 공직 참여는 오직 국가에 군 복무라는 궁극의 희생을 한 사람만의 특권이며 그런 사람들만이 '시민'이란 칭호를 받는다. 나머지 사람들은 그저 '민간인'일 뿐이다. 따라서 강제징집은 아니지만 네오 파시스트 공화국 젊은이들은 당연히 군복무를 해야 한다는 사회적 압박을 느낀다. '스타쉽 트루퍼스'의 한 여군은 자신은 시민이 되기 위해 군에 입대했다고 말한다. 하지만 그녀의 진짜 목적은 아기이다. 시민에게만 '출산 허가'가 주어지기 때문이다.

이러한 시스템은 참전용사가 사회에서 가장 존경 받는 일원이라는 생각을 아주 논리적으로 확장해 놓은 것 같다. 사회를 보호하기 위해 목숨을 내놓을 준비가 되어 있는 사람에게만 나라를 통치할 수 있는 권리를 부여하는 것이다. 실제로도 이런 생각은 현실 세계에서도, 특히 미국 대선에서 흔히 발견할 수 있다. 2004년 대선에서 베트남 참전 용사인 존 캐리는 부시에 대항하는 가장 주된 전략으로 부시의 군복무 기피 전력을 끝까지 물고 늘어지며 "존 케리, 임무 보고 합니다 (John Kerry, reporting for duty)." 등의 군인다운 정서를 담은 코멘트를 자주 이용했으며, 2008년 대선에서 공화당 대표로 나선 존 맥케인 역시 자신이 베트남전 참전용사임을 부각

시켰었다.

'스타쉽 트루퍼스'에서 인류는 대량 파괴와 인명의 손실을 가져오는 거대한 외계 곤충에 맞서 싸운다. 정확히 왜 거대 곤충과의 전쟁이 일어나는지는 확실치 않다. 아마도 거대 곤충과의 전쟁에서 승리한다 하더라도 그들은 역시 그 이유가 확실치 않은 새로운 전쟁에 휘말리게 될 것이다. 전쟁이 없으면 참전용사도 존재하지 않는다. 참전용사만이 시민이 될 수 있는 사회에서 전쟁이 사라진다는 것은 곧 그 사회의 몰락을 의미한다. 사회를 유지하기 위해 평화가 아닌, 끝나지 않는 전쟁을 추구해야 하는 세상, 그것이 바로 '스타쉽 트루퍼스'의 세상인 것이다.

우리는 국가를 위해 참전했거나 군 복무를 한 이들에 대해 존경심을 가져야 한다. 그 이유는 무엇보다도 그들이 우리가 사는 사회를 지키기 위해 자신을 희생했기 때문이다. 그러나 그런 존경심이 '스타쉽 트루퍼스'의 군국주의적이고 파시스트적인 국가와 같이 극단으로 이어져서는 곤란하다. 그것은 곧 폭력 자체에 대한 찬양이 될 것이기 때문이다. 우리 인간이 폭력을 결코 피할 수 없는 존재라면 그 폭력은 적어도 '스타트랙'의 신사회주의적인 국가처럼 구성원 모두의 합의 하에, 최후의 수단으로만 사용되어야 한다. 오직 그것만이 우리가 폭력의 죄의식에서 자유로울 수 있는 길이다.

Marc's cartoon

폭력은 정말 멍청한 거야. 폭력이 끝날 때면 항상 승자와 패자가 생기니까.

승자는 우월감을 느끼고 폭력이 정당화되지. 패자는 열등감을 느끼고 화를 품게 돼.

모두가 동등하다고 생각되는 세계에서는 '우월'과 '열등'이 들어설 자리는 없어.

또한 폭력은 냉소적이고 끝이 없어. 우월감은 오만, 인종주의, 억압으로 이어지지. 화는 분노와 증오, 복수심이 되고 말이야.

인종대학살로 그 누구도 남겨두지 않거나 폭력에 대한 복수심도 함께 없애지 않는 한... 하지만 그건 거의 불가능한 일이지. 그렇지 않아?

폭력이 정당화될 수 있는 경우는 사람의 생존이 달려 있을 때와 다른 합리적인 선택의 여지가 없을 때 뿐이야.

하지만 '생존'이라는 개념은 융통성이 있고 국가나 개인마다 상대적이지. 예를 들면...

누군가에게 생존이란 거리에서 멋진 가슴을 보고...

이런, 미안해요. 나는 그냥 음...

Um...

Wow.

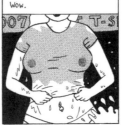

Yeah.

44

3

수퍼히어로, 수파파워, 그리고
개입의 윤리학

수퍼히어로의 대명사 수퍼맨

수퍼맨의 변명

"내가 뭘 할 수 있겠어?"
자신의 무력함에 좌절한 다이애나 핀치가 소리쳤다.
그녀는 머리를 쥐어 뜯었다.
"우리 중 누가 뭘 할 수 있겠어? 뭘 하겠냐고! 앞으로 3년 내에
투표로 다른 대통령을 뽑는 거? 그렇겠지…, 그리고 새 대통령
이 이걸 다 돌려 놓길 바란다구? 이봐, 나는 지금 당장 도움이
필요하다구!"

-파워스(Powers) 2권 1호

이런 상황을 한번 생각해 보자.

수퍼맨은 숙적인 렉스 루터와 우리가 일일이 기억도 못
할 만큼 오랫동안 싸우고 있다. 하지만 렉스는 언제나 너
무 교활하고 영리해서 뭔가 불법 행위를 할 때는 아무도

그것이 불법임을 증명하지 못하게 한다. 어쨌든 수퍼맨이 보기엔 그렇다.

어느 날 수퍼맨은 한 정보원으로부터 렉스가 화학 및 생물학 무기는 물론 원자폭탄도 만들고 있다는 말을 듣게 된다. 더구나 돈만 낸다면 그 누구에게라도 그 무기를 팔려고 한다는 것이다. 수퍼맨은 분노하면서 렉스는 분명히 알카에다 같은 테러리스트를 도와 미국에 피해를 입힐 것이기 때문에 당장 렉스 루터를 잡아들여야 한다고 주장한다. 그러나 수퍼맨을 비판하는 사람들은 수퍼맨이 증거를 제시해야 한다고 요구한다. 그건 정당한 요구이다. 헤비어스코퍼스(habeas corpus)[1]는 미국을 포함한 서구 국가에서 가장 소중히 이어져 온 법 전통이다. 수퍼맨은 렉스가 증거를 너무 잘 숨겨 놓아서 자신의 투시력으로도 발견할 수가 없다고 한다. 그렇지만 모두가 수퍼 영웅인 자신을 믿어야 한다고 강변한다. 한편 렉스는 전국 TV방송에서 모든 혐의를 부인하고, 수퍼맨이 힘이나 쓸 것이지 왜 머리를 쓰냐며 수퍼맨을 등장인물 중상모략죄로 고소할 것을 변호사와 상의 중이라고 발표한다.

결국 수퍼맨은 참지 못 하고, 렉스를 칠 때가 왔다고 결론 내린다. 헤비어스코퍼스고 나발이고 다 필요 없다는 것이다. 그는 렉스의 공장 렉스코프로 날아가 렉스에게 심각한 부상을 입히고는 그의 공장건물, 장비, 재고 창고와 자

---

1 '인신보호 영장제도'라고도 한다. 타인의 신체를 구속하는 사람이 피구금자의 구금개시 일시 및 이유를 명시하여 법원에 제출하고 법원의 명령을 따르도록 하는 제도이다. 이 제도는 영국의회에서 제정한 'Habeas Corpus Acts'(1679)로 시작되어 영미법계 국가에서 널리 적용되고 있다.

금을 모조리 파괴한다. 그 와중에 공장 직원 몇몇도 부상을 입는다. 수퍼맨은 그 사실이 조금 꺼림칙하지만 '미국이 원자폭탄 공격을 당하는 것보다 지금 몇 개의 뼈가 부러지는 것이 훨씬 낫다.'는 그럴듯한 말을 남기며 하늘을 향해 멋지게 치솟는다.

남겨진 유일한 문제는 수퍼맨이 원자폭탄, 탄저균, 겨자가스, 사린, VX 중, 그 무엇도 찾아내지 못했다는 것이다. 아니 그런 것을 만들고 있었다는 증거조차 찾아내지 못했다. 무기관련 부품도, 단 1밀리그램의 플루토늄도 그 흔적이 없었다. 여론이 안 좋아지자 수퍼맨은 TV 인터뷰에서 렉스가 대량살상 무기를 만든 증거를 너무 잘 숨겨 놓아 지금은 찾을 수 없지만, 분명히 무기를 만들고 있었다는 걸 전적으로 확신한다고 설명한다. 그는 UN 무기 사찰단에 그 증거를 찾아 달라고 요청한다.

UN은 폐허가 된 렉스코프 공장에 가서 몇 주 동안 무기 사찰을 한다. 원자폭탄과 화학 무기, 생물학 무기를 찾아 구석구석 헤집는다. 하지만 그들 역시 아무것도 찾지 못한다. 한편 렉스코프는 완전히 무너져 재운영이 불가능한 상태가 되었고 직원 수십 명은 병원에 입원했으며, 운 좋게 살아남은 직원들도 졸지에 일자리를 잃었다. 렉스코프는 꽤나 큰 규모의 기업이었기 때문에 경제에도 심각한 여파가 미친다. 미달러화 가치가 떨어지고 주식 시장도 하락한다. 실업률과 이자율은 오르고 소비자의 소비 지수는 땅에 떨어진다. 아직도 중환자실에서 벗어나지 못한 렉스는 마지막 남은 돈으로 변호사를 모아 수퍼맨에게 손해배상 청구를 하려 한다. 일반 시민들 역시 수퍼맨을 비난하기 시작한다. 더 나아가 사람들은 수퍼맨의 추방을 요구하기 시작한다. 어차피 그는 지구 출신도 아니기 때문이다. 그에 대한 전구농담(Lightbulb Joke)[2]도 유행하기 시작한다.

> Q: 전구 하나 갈아 끼우는 데 수퍼맨이 몇 명 필요하지?
> A: 수퍼맨은 전구를 갈아 끼우지 않아, 그는 증거 없이 전구를 고발하고 파괴해 버린 다음 다른 누군가가 비용을 지불하게 하거든.

몇 주 후 경제는 심각한 상황에 빠지고 점점 더 많은 사람들이 수퍼맨이 정말 지구에 있어야 할 존재인지 의아해하기 시작한다. 좌파 성향의 정치인들은 수퍼맨에게 지구를 떠나 더 이상 우리의 일에 간섭하지 말라고 요구한다. 여론 조사에서 수퍼맨에 대한 지지율은 급락하고 수퍼맨을 조롱하는 낙서도 거리 곳곳에 나타난다. 수퍼맨은 다시 TV에 나가서 기자회견을 자청한다. 수많은 마이크를 앞에 둔 연단에 선 수퍼맨의 붉은 망토는 바람이 불지 않아서인지 축 늘어져 있다. 그 앞에는 한 무리의 기자들이 있다.

---

2 한국의 참새 시리즈처럼 시대가 지나도 그에 맞게 끊임없이 변형되어 회자되는 영미권의 농담 시리즈다. How many ( ) does it take to change a light bulb?로 시작되는 이 농담은 ( ) 안에 적절한 대상을 넣어 웃음을 유발한다. 예를 들어, Q: How many lawyers does it take to screw in a light bulb?(전구 하나 갈아 끼우는데 변호사가 몇 명 필요하지?) A: How many can you afford?(너 돈 얼마나 있는데?), 이런 식의 농담이다.

수퍼맨

물론 나는 내 행동을 아직도 옳다고 생각합니다, 내가 렉스 루터를 병원에 처넣은 것은 그가 나쁜 사람이기 때문이고, 사실 그는 더 나쁜 일을 당해도 싸요, 내가 그의 공장을 파괴한 건 그가 원자폭탄과 다른 대량살상무기를 만들고 있다는 게 확실했기 때문입니다,

로이스 레인

하지만 그 증거는 전혀 찾지 못했잖아요, 그리고 렉스 자신은 수 차례 대량살상 무기와 아무 관계가 없음을 주장하지 않았습니까?

수퍼맨

물론 그는 그렇게 말하지요, 그렇지만 그는 악당입니다, 악당은 거짓말을 하지요, 어쨌든 그는 나쁜 사람이고 누군가 그를 막아야 했습니다, 그는 너무 부유하고 강력해서 일반적인 방법으로는 막을 수가 없어요, 그래서 내가 직접 행동을 취한 겁니다,

로이스 레인

하지만 당신이 누군데 그걸 결정한 거죠? 도대체 당신이 누구라고 헤비어스코퍼스를 저버린 거죠? 당신은 강하니까 무조건 옳은 건가요? 당신은 우리가 선거로 뽑은 사람도 아니잖아요, 당신 때문에 수백만 달러에 달하는 피해가 발생했고 실업자가 생겨났어요, 당신 때문에 경제가 엄청난 타격을 입었어요, 그리고 렉스 루터에게는 심각한 부상을 입혔어요, 사실 렉스는 불법 행위도 하지 않았는데 말이에요, 거기에 대해서는 어떻게 생각하시죠?

수퍼맨

하지만… 하지만… 그는 나쁜 사람이에요! 나는 좋은 사람이고요! 그걸 모르겠어요? 모르겠냐고요!

* * *

수퍼맨과 같은 수퍼히어로(superhero)와 가장 밀접하게 연관된 매체는 만화, 특히 미국 만화이다. 수많은 만화, 애니메이션, 영화 속에 서로 다른 수퍼히어로들이 등장하고 전세계인들이 그것을 즐기지만 우리가 알고 있는 수퍼히어로가 대부분 메이드인 USA란 사실에는 변함이 없다. 그렇다면 그 많은 수퍼히어로들은 왜 죄다 미국출신일까? 나는 두 가지 이유를 들어보려고 한다.

먼저 다른 어느 문화권보다 강력한 미국의 개인주의에서 그 이유를 찾을 수 있다. 그들은 사회를 서로 유기적으로 연결된 구성원들의 조직체가 아니라, 각각 분리된 별개의 인간이 모여있는 집합으로 본다. 그래서 미국인들은 그들의 독립선언문에 담긴 "… 모든 사람은 평등하게 창조되었다(…all men are created equal)"는 구절을 거의 종교처럼, 예수를 믿는 것만큼이나 강력히 신봉한다. 그러나 이 구절 자체에 이미 두 가지 이데올로기 사이의 갈등이 존재한다. '창조되었다'는 말에서 신을 염두에 두고 있지만, '평등'이란 말 속에 담긴 각 개인의 가치에 대한 강조는 그들의 삶에서 신의 역할을 별로 남겨놓지 않기 때문이다.[3]

어쨌든 수퍼히어로는 자신의 운명과 환경을 결정하는

---

3 미국인들이 믿는 대부분의 기독교 교파는 신의 전지전능함과 무한한 힘을 믿는다. 그러나 신을 모든 것을 다 알지는 못하며 심지어 실수도 할 수 있는 존재로 묘사하는 작품을 가장 많이 만드는 곳 또한 미국이다. 예를 들어 만화책 '프리처 Preacher(1995~2002)'에서 신은 자신의 피조물에 대한 통제력을 상실한, 도망치는 고집쟁이로 나타난다. TV애니메이션 '패밀리 가이(Family Guy)'에서 신은 다른 일에는 별로 관심이 없고 자신의 힘을 이용해 여자들을 꼬시는 난봉꾼으로 나온다.

것은 오직 나의 능력과 의지라는, 각 개인의 힘에 대한 과장되고 강력한 표상이다. 아직 나약하고 자신을 둘러싼 환경에 대응할 힘이 모자란 어린 아이들이 특히 수퍼히어로에 열광하는 것도 바로 이런 힘에 대한 판타지 때문이다. 그들은 수퍼히어로를 자신에게 투영시키며 스스로도 강력해질 수 있다는 기분 좋은 공상에 빠진다. 하지만 아이들만이 수퍼히어로를 좋아하는 것은 아니다. 나의 능력과 의지로 아무리 발버둥쳐봐도 좀처럼 나아지지 않는 삶을 살아가는 성인들에게도 판타지는 필요하다. 때문에 최근 몇 년간 헐리우드의 수퍼히어로 영화가 홍수를 이루며 인기를 누리는 것은 그만큼 스스로가 약하고 무력하다고 느끼는 사람들이 많아졌다는 씁쓸한 이유 때문이기도 하다.

두 번째 이유는 다소 정치적이다. 주로 미국을 지칭하는 '수퍼파워(Superpower)'라는 용어는 윌리엄 손튼 리케트 폭스(William Thornton Rickert Fox)가 1943년 쓴 『더 수퍼파워스(The Superpowers)』라는 책에서 처음 사용되었다. 당시에 저자는 대영제국, 미국, 소련을 묘사하면서 이 단어를 사용하였지만 이제 수퍼파워라고 불리는 나라는 오직 미국 뿐이다. 미국이 그들의 수퍼파워를 유지하기 위해서 가장 필요한 존재는 '악의 축'이다. 마치 렉스 루터가 없으면 그 존재가치를 잃어버리는 수퍼맨과 같은 것이다. 그래서 미국은 쿠바, 베트남, 그라나다, 리비아, 이라크, 북한 등 수많은 국가들을 악의 축으로 명명하였고 앞으로도 그럴 것이다.

또 한 가지 흥미로운 점은 수퍼히어로를 주인공으로 한 미국 만화는 같은 캐릭터로 여러 명의 다른 작가들이 서로 다른 스토리를 만들며 끊임없이 변주된다는 사실이다. 미국 만화업계는 이러한 방식을 'retcon(여러 방향으로 이뤄지는 계속성)'이라고 하는데 이는 미국이 이라크를 공격했던 이유를 상황에 따라 끊임없이 다르게 말하는 모습과 너무도 흡사하다. 2003년에 미국은 이라크가 대량살상 무기를 보유하고 개발하고 있다는 이유로 이라크를 침공했다. 그러나 UN의 무기사찰 결과, 대량살상무기도, 대량살상 무기를 만들고 있었다는 그 어떤 증거도 발견되지 않았다. 그러자 미국은 예방적 선제공격론(preemptive attack doctrin)을 내세운다. 이라크는 대량살상무기를 만들 가능성이 있고 알카에다 같은 조직에 그 무기를 팔아 넘길 확률이 다분하기 때문에 그것을 미리 방지하는 것은 미국의 안보와 세계평화를 위해 불가피한 선택이라는 것이다.

* * *

브라이언 마이클 밴디스가 스토리를 만들고 마이클 에이븐 외밍이 그림을 그린 만화시리즈 '파워스(Powers, 2000~현재)'는 지금껏 미국 만화에서 등장하는 수퍼히어로들의 총집결판 같다. '파워스'에는 레트로 걸과 수퍼속 등 수퍼맨처럼 도덕적으로 순수한 수퍼히어로들에서부터 수퍼파워를 가진 악당 캐릭터, 그리고 선과 악의 중간쯤에 속한 다소 복잡한 캐릭터까지 수많은 수퍼히어로들이 등장한다. 그리고 그들 모두는 '파워'들로 지칭된다. 파워들의 힘은 1에서 10까지의 숫자로 평가되는데, 보통 사람의 능력보다는 월등하지만 제일 약한 부류에 속하는 레벨 1에서부터 시작하여 레벨이 높아지면 파워도 점점 세진다. 레벨이 10에 가까워지면 파워들은 신과 비슷해진다. 한 등장인물이 말했듯이 레벨 8이상을 만난다면 "그들이 네 편이 되길 기도하기만 하면 된다."

'파워'들은 스스로 신고를 하고 자신이 가진 특별한 능력을 경찰에 등록해야 한다. 등록되지 않은 파워를 보유하는 것은 불법이다. 등록 완료된 적법한 파워가 아니라면 수퍼히어로 의상을 입는 것조차 범법 행위이다. 그런데 파워들에 대해 적대적인 사람들은 '안티파워 그룹(anti-powers groups)'도 존재한다. 그들은 한 개인이 단지 수퍼파워를 갖고 태어났고 수퍼파워 의상을 입었다는 이유로 사회의 옳음과 그름을 결정할 수 있다는 생각에 동의하지 않는다.

이런 '파워스' 세계의 갈등과 고민은 우리가 사는 실제 세계의 그것과 다르지 않다. 부시 대통령의 이라크 침공을 비판하는 사람들은 부시 대통령이 UN과 국제사회의 동의 없이 침공을 단행했다고 지적한다. '도대체 누가 너에게 그런 권한을 주었나?' 하는 비판은 수퍼히어로와 수퍼파워에게는 피할 수 없는 숙명 같은 질문이다

한편 '파워스'에는 재미있는 설정 한 가지가 있다. 파워

들은 보통사람들에게는 없는 수퍼파워를 가지고 있을 뿐
만 아니라 몇 세기에 걸쳐 계속 다시 태어나고, 나이도 먹
지 않는다. 예를 들어 레트로 걸이라는 캐릭터는 존 잭슨
스티븐스에게 살해당하기 전에 이미 여러 번 태어났는데,
네안테르탈인의 시대부터 살아온 그녀의 전생 중에는 클
레오파트라와 잔다르크도 있다. 그리고 살해 당했던 그녀
는 '파워즈' 2권 2호에서 또 다시 태어난다.[4] 이런 설정은 현
시대에서는 미국을 지칭하는 수퍼파워가 과거에도 있었

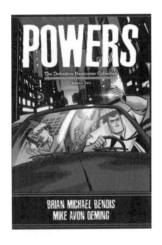

수많은 수퍼히어로가 등장하는
'파워스'의 표지

고, 앞으로도 계속 존재할 것임을 암시하는 것 같다. 그것
이 미국이 아니더라도 수퍼파워는 언제나 존재하는 것
이다.

---

4 이 영리한 아이디어는 벤디스가 나름의 방식으로 수퍼히어로 만화의 전형적인 두 가지 문제를 해결한 것이
  다. 미국 만화 속 수퍼히어로들은 대부분 그 오랜 세월 속에서도 절대로 늙지 않고, 이 이야기에서는 죽었
  어도 다른 이야기에서는 멀쩡히 살아있다. 예를 들어 배트맨은 1930년대부터 지금까지 늙지도 않고 항상
  똑 같은 모습이다.

* * *

　현재의 수퍼파워 미국은 다른 국가에 간섭하거나 다른 국가를 해치는 것이 아니라면 자국의 이해를 보호할 권리가 있다. 하지만 세계에서 옳고 그름을 결정할 권리까지는 없다. 만약 세계에서 그런 권리를 가진 조직이 있다면 그것은 UN이다. 안타깝게도 UN은 관료주의에 찌들고 갈팡질팡 하는 모습을 너무 많이 보이고, 상당부분 미국의 눈치를 보고 있지만 말이다.

　어쨌든 우리는 위기에 처했을 때나 자신의 능력을 벗어나는 어떤 큰 고난을 맞닥뜨렸을 때 본능적으로 자신보다 월등한 힘을 찾게 된다. 또한 이 장의 처음에 인용된 '파워스'의 대사처럼 어떤 절차를 기다릴 여유 없이 지금 '당장' 도움을 필요로 할 때도 있다. 아마도 이런 필요와 욕망이 수퍼히어로와 수퍼파워의 존재근거일 것이다. 그러나 옳은 개입과 그른 개입을 구분하는 지점은 여전히 모호하고 아직도 우리가 해결하지 못한 숙제이다.

Question: Where are Chad and Brian?

A: In a wax museum

B: In a karaoke bar

C: In a secret CIA prison in Poland

이 카툰은 토익 스타일 영어문제의 패러디이다. 이 문제를 풀기 위해서는 약간의 사전지식이 있어여 한다. 문제에 등장하는 캣 스티븐스는 'Morning Has Broken'이란 노래로 널리 알려진, 1960 년대와 70년대에 활동했던 영국의 포크 뮤지션이다. 그는 1978년 이슬람교로 개종하면서 이름도 유세프 이슬람(Yusef Islam)으로 바꿨지만 여전히 캣 스티븐스라는 이름이 더 잘 알려져 있다.

'rendition,' 혹은 'render'란 단어는 수많은 다른 뜻이 있는데 그 중 하나가 '표현하다, 혹은 묘사하다'라는 뜻이다. 이 뜻으로 보면 (a)밀랍인형 박물관(a wax museum)이 정답이 된다. 브라이언과 채드가 밀랍인형 박물관에서 캣 스티븐스의 실물과 거의 비슷한 밀랍인형을 보고 감탄하면서 나오는 상황으로 해석될 수 있기 때문이다. 그런데 (b)가라오케(a karaoke bar)도 틀린 답은 아니다. 가라오케에서 어떤 동료가 캣 스티븐스의 노래를 기가 막히게 잘 부른 것을 칭찬하는 것일 수도 있는 것이다.

한편 'extraordinary rendition'란 말은 미국의 CIA가 알카에다 조직원이나 후원자들 심문하기 위해 고문을 금지하는 법이 없는 나라로 그들의 이송하는 것을 가리키기도 한다. 이를테면 폴란드 같은 곳으로 말이다. 따라서 무슬림인 유세프 이슬람을 알카에다 관련자로 의심한 미국이 그를 폴란드 비밀 감옥에 가두어 놓고 심문을 하면서 가수 시절 그의 이름인 캣 스티븐스로 지칭한다면 (c)폴란드의 CIA 비밀 감옥(In secret CIA prison in Poland)도 정답이 될 수 있는 것이다.

그러므로 이 문제는 답이 하나가 아닌 잘못된 문제이다. 이렇듯 언어를 배운다는 건 곧 세상을 배우는 것이다.

마크 슈미트의
이상한 대중문화 읽기

제 2 부

4

동성애 혐오와
동성애 용어의 변천사

영화 브로크백마운틴의 한 장면

브로크백마운틴과 사우스파크 사이

　조지 W. 부시 대통령은 공식석상에서도 농담을 자주 하는 편이지만 게이 조크(gay joke)를 한 적은 거의 없다. 내가 알기로는 2006년 연두교설을 발표하기 3일 전인 1월 28일, 워싱턴 DC의 알팔파 클럽(The Alfalfa Club)에서 연설하는 도중에 나온 것이 유일하다. 알팔파 클럽은 남부연합의 로버트 리(Robert E. Lee) 장군의 생일을 기념하기 위해 1913년에 만들어진, 보수적인 성격이 강한 단체로 그 멤버는 워싱턴의 부유하고 권세 높은 엘리트가 대부분이다. 그때는 '브로크백마운틴'이 개봉된 지 얼마 되지 않은 때였고, 대통령은 분위기를 띄우기 위해 농담을 시작했다.
　"체니 여사와 제 아내 로라가 최근에 함께 시내에 나갔어요. 그래서 난 체니에게 전화를 해서 영화 보러 가자고

했죠. 그는 '좋아요. 카우보이 영화 보러 갑시다.'라고 했고요. 그래서 우리는 결국 '브로크백마운틴'을 보러 갔어요. 어휴 세상에. 체니는 영화를 보면서 끝까지 말을 한 마디도 안 하더군요. 영화가 끝난 후 나와서 한참을 있다가 그는 말했어요. '말이 멋있던데요.' 난 대답했죠. '그렇죠…' 그리고는 그는 다시 아주 조용해졌고 심각해졌어요. 그가 뭔가 생각을 하고 있다는 걸 알았죠. 결국 그는 내게 이렇게 말하더라고요. '설마 론 레인저와 톤토도…[1]'"

여기서 '게이 조크'는 동성애자, 특히 남성 동성애자를 소재로 삼는 농담을 가리킨다. 동성애에 대해 보수적인 입장을 취하고 있던 부시 대통령이, 그것도 알팔파 클럽 같은 보수단체에서 게이 조크를 했고 또 그 조크가 참석자들에게 먹혔다는 자체가, 미국에서 게이 조크가 얼마나 일상화되고 있는지 보여주는 증거가 된다. 동성애를 혐오하는 사람도, 동성애를 옹호하는 사람도, 심지어 동성애자 자신도 게이 조크를 한다. 물론 각각의 경우에 따라 그 뉘앙스는 많이 다르겠지만 남성 동성애자들을 농담의 소재로 삼는 건 거의 관습적인 유머 코드가 된 것 같다.

게이 조크는 단순히 '게이' 하면 전형적으로 떠오르는, 여자같이 혀 짧은 소리를 내는 동성애자를 흉내내는 것일 수도 있고, 부시 대통령이 한 것 같이 이야기를 곁들인 농담일 수

---

1 1956년 작 헐리우드 서부극 '론 레인저(The Lone Ranger)'의 두 주인공이다. 브로크백마운틴은 특이하게도 터프한 남성상의 전형인 카우보이 간의 동성애를 그린 작품이다. 이 영화를 보고 난 부시와 체니가 과거 유명했던 서부극의 주인공들도 혹시 동성애자가 아니었을까, 하는 의문을 던지며 웃음을 유발하려 하는 것이다.

도 있다. 아니면 단순히 상황적인 것일 수도 있다. 미국의 TV 애니메이션 시트콤 '패밀리 가이(Family Guy)'의 예를 보자.

> 엑스맨 중 하나인 아이스맨은 손으로 빙판을 만들어 이곳 저곳을 미끄러져 다닌다. 하루는 그가 빙판을 타고 태연하게 집으로 오는데 아내가 그를 기다리고 있다.
>
> 아내: (팔짱을 끼고) 여보, 어제 밤에 어디 갔었죠?
>
> 아이스맨: (아무렇지도 않게) 음, 톰 집에 갔었어요. 포커 좀 치고 맥주 좀 마시고 그랬죠.
>
> 아내: (화난 목소리로) 허, 정말요? 그럼 저것 좀 설명해 줄래요?
>
> 그녀는 창문을 가리킨다. 아이스맨이 만든 빙판 중 하나가 창문에서 '화끈한 게이 포르노 상영중'이라고 써 있는 극장으로 이어져 있다.
>
> 아이스맨: (쏙쏙하게) 최소한 저들은 남자를 만지는 법을 안다구요! (아이스맨이 화를 내는 동안 아이스맨의 아내는 질색을 하며 나가 버린다.) 이런, 나가 버리네.

* * *

'homosexual(동성애)'은 19세기에 만들어진 단어이다. 그 이전에도 동성애는 분명히 존재했지만 공식적인 단어로 지칭된 건 19세기가 되어서였고, 그 이래로 동성애의 정의는 훨씬 명확하고 정확해졌다. 그리고 요즘에는 동성애자는 게이(gay), 이성애자는 스트레이트(straight)로 표현하는 것이 일상적이다. '게이'는 남성 동성애자와 여성동성애자를 모두 포괄하는 용어지만 이 글은 남성 동성애에 그 초점을 두고 있다. 어찌된 일인지 남성 동성애에 더 강력한 금기가 부과되어 왔고, 더 우스꽝스런 모습으로 인식되기 때문이다.

동성애에 대한 혐오의 역사는 무척 길다. 그것은 역으로 아주 오래 전부터 동성애가 존재했다는 것을 말해주는 것이기도 하다.

남성 동성애자는 'effeminate(여자 같은 남자)', 혹은 'sodomite(남색자)'로 불리기도 하는데 두 단어 모두 'wrongness(잘못된 것)'이라는 의미까지 내포되어 사용된다. 덧붙여 'effeminate'는 'not what you are(너 자신이 아니다)'라는 의미로도 쓰이며, 'sodomite' 는 직접적으로 항문성교(anal sex)를 지칭하는데, 이 단어는 성서에 나오는 죄악의 도시 소돔(Sodom)에서 유래된 것이다. 신의 분노를 산 소돔의 온갖 죄악 중 하나가 남자들끼리의 항문성교였기 때문이다. 이렇게 성서에도 그 죄악성이 명시되어 있는 동성애가 유대-기독교 문화권에서 역겹고 비도덕적이며 인간의 본성에 어긋난 일이라고 여겨져 왔던 것은 어쩌면 당연한 일일 것이다. 구약성서 레위기에서 자주 인용되는 18장 22절은 그런 입장을 이렇게 요약한다.

"너는 여자와 동침함 같이 남자와 동침하지 말라. 이는 가증한 일이니라."

하지만 분명 동성애를 보는 또 다른 시각도 오래 전부터 존재해왔다. 예를 들어 예수 탄생 이전의 그리스와 로마에서는 남성 동성애가 무척 흔하게 이뤄졌다. 메이지 유신 이전의 일본에서도 널리 퍼져 있던 관행이었다. 그것이 그저 '사랑'의 개념과 분리된 단순한 쾌락을 위한 행위였든지, 아니면 플라톤의 『향연(Symposium)』에서 묘사되는 것처럼 고귀한 사랑의 행위였든지, 동성애가 자연을 거스르는 일이거나 도덕적으로 잘못된 것이 아닌가 하는 고려는 존재하지 않았다.

또한, 비록 각종 미심쩍은 방법으로 동성애자를 '치료'하기 위한 시도가 있어왔고 지금도 계속되고 있지만 현대 생리학에서는 사람은 태어날 때부터 남과 구별되는 성적 취향을 타고나고, 그러한 성적 취향은 자연적이며 바꿀 수 없다고 보는 시각이 지배적이다. 동성애를 증오스럽게 보는 것이 여전히 주류적인 시선이긴 하지만, 이런 의학적인 데이터를 바탕으로 분명 동성애를 보는 시선은 변하고 있는 것이다.

그런 면에서 '브로크백마운틴'은 기념비적인 영화이다. 이 영화는 동성애와는 가장 멀리 떨어져 있을 듯한 이미지를 가진, 가장 미국적인 이상을 대변하는 카우보이 간의 동성애를 다루었다. 그리고 동성애를 전면에 내세운 흔치 않은 주류 헐리우드 영화이며 대통령이 농담의 소재로 활용할 만큼 흥행에도 성공했다. 또한 가장 중요하게도 두 남자들의 사랑이 어두침침한 밀실이나 은폐된 장소가 아니라, 놀랍고도 장엄한 자연 풍경을 배경으로 그려지고 있다. 이는 동성애를 비자연적인 것으로 인식해왔던 서구 기독교 사회의 보편적인 시각에 아주 직접적인 방식으로 반대의사를 표명한 것이다.

'브로크백마운틴'은 1960년대에서 1980년대 초까지를 배경으로 삼고 있다. 그 당시 동성애자 인권 운동은 크게 성장했다. 1960년대 이래로 동성애에 대한 서구 세계의 태도는 극적으로 변화했다. 동성애는 더 이상 정신병으로 여겨지지 않게 되었으며 그에 맞춰 자신이 동성애자임을 떳떳하게 말하는 커밍아웃도 늘고 있다. 내 고향 시드니만 해도 매년 세계 최대의 게이 퍼레이드가 열린다. 그 때면 수백 명의 게이들이 도심 거리를 행진하고 양 옆으로 늘어선 그 지지자들은 열렬한 환호를 보낸다. 그리고 미국 샌프란시스코 카스트로라는 곳에서는 게이가 거리에서 손을 잡는다든지 키스를 하며 자신의 성 정체성을 공공연하게 표현하는 모습을 거의 하루종일 목격할 수 있다. 여전히 미국의 대통령은 동성 결혼을 지지하지 않고 '결혼'을 남자와 여자의 결합으로만 정의하도록 헌법을 수정하는 움직임을 지지해 왔으며, 여러 기독교 단체는 여전히 동성애를 혐오하고 그것이 신의 뜻을 어기는 것이라고 강변하고 있지만[2] 서구 사회는 동성애가 잘못되었다거나 탈선이라고 생각하는 생각이 많이 누그러졌다는 사실은 명백하다. 그럼에도 불구하고 몇 세기 동안 그것이 가증한 일로

---

2 호주 연합 교단 등 일부 친 게이 교회가 있기도 하지만 그들은 소수이다.

생각되었던 데서 비롯되는 불편함과 어색함은 아직도 남아있다. 불편함과 어색함을 날려보내는 특효약은 바로 '웃음'이다. 이제는 더 이상 동성애자들이 숨기만 하는 세상이 아니다. 그들은 커밍아웃, 즉 세상으로 나오고 있다. 엄연히 존재하는 현실에 대한 불편함을 날려버리는 수단으로서 바로 게이 조크의 효용이 있다. 그것이 경멸의 의미를 담고 있다 하더라도 적어도 게이의 존재 자체를 부정하는 것은 아니니까 말이다. 또 그것이 게이 조크가 점점 확산되는 이유이다. 헐리우드의 진보적인 감독 케빈 스미스(Kevin Smith)가 자신의 동명 영화를 바탕으로 2000년 제작한 '점원들(Clerks)'이라는 애니메이션에 등장하는 게이 조크를 살펴보자.

B2 폭격기가 뉴저지 외곽지역인 레오나르도를 폭격으로 쓸어 버리려 한다. 정부가 그곳에서 심각한 질병이 발생했다고 믿고 있기 때문이다. 작은 가게의 점원인 단테는 그런 일은 일어나지 않았으며 그 질병은 점원동료 랜달이 만들어낸 사기일 뿐이라는 것을 알고 있다. 단테는 랜달과 다른 두 친구, 제이와 사일런트 밥에게 둘러싸인 채 B2 폭격기 조종사에게 무전으로 동네를 파괴하지 말아 달라고 사정을 한다.

단테: 제발요! 저는 겨우 27살이고 편의점에서 일해요! 아직 진짜 인생을 맛보지도 못했다구요. 하고 싶은 일이 얼마나 많은데!

랜달: (말을 가로막고 단테 목소리를 흉내내며) 그리고 저는 게이에요!

단테: 닥쳐, 난 게이가 아냐.

B2 조종사: (진지하게) 잠깐 기다려라, 단테. 가끔 자신이 게이인 것을 숨겨야하는 힘든 순간이 있지. 특히 친구들이 이해하지 못할 거라고 생각할 때 말야. 하지만 우리는 모두 달라, 그렇지 않나? 그래서 이 세상이 이렇게 아름답다는 말이다. 다양성 덕분에 말야. 음, 아마도 너는 그 동안 부모를 실망시키거나 예전 여자 친구에게 환멸을 줄까 두려워했을지도 모르겠구나. 하지만 괜찮아, 게이라도 괜찮다구. 그래서 내가 하려는 말은, 네가 자신에 대해 솔직할 의지가 있다면 나는 상관이 직접 내린 이 폭격 명령을 불복하려 한다는 거다. 어쩔 건가, 뉴저지 레오나르도 잭슨가 21번지에 사는 단테 힉스?

잠시 극적인 정적이 흐른다. 모두가 단테의 대답을 기다리고 있다.

단테: (마지못해) 예, 저는 게이에요.

랜달, 제이, 사일런트 밥이 웃음을 터트린다.

B2 조종사: (자랑스럽게) 옳지.

단테의 아버지: (집에서 라디오를 듣다가) 오, 세상에, 그럴 줄 알았어.

이는 게이 인권 운동 이후 게이 조크의 좋은 예이다. 친구들끼리의 말장난을 진지하게 받아들이며 게이라고 고백하면 폭격을 하지 않겠다고 말하는 조종사나 단지 살고 싶어서 자신이 게이라고 거짓말을 한 단테의 말을 듣고 그럴 줄 알았다며 금방 수긍해버리는 아버지의 대사가 웃음을 유발하는 것이다. 조종사나 단테의 아버지는 보수성을 띤 인물을 상징하지만 이제 그들도 게이에 대한 명확한 인식이 있으며 어느 정도 진지하고 고려해보고 있다는 사실을, 이 게이 조크는 말해주고 있다. 그리고 흥미로운 것은 남자 친구들 사이에 서로를 게이라고 놀리는 현상이다. 남자들은 우정의 표시로 서로를 엄청 놀리고 괴롭힌다. 남자 친구들끼리 만나면 서로의 어깨에 펀치를 한 방 먹이는 것으로 인사를 대신하는 것도 같은 맥락이다. 그런데 '서로 괴롭히기(Ripping on one another)'는 일종의 예술이다. 모욕이나 물리적인 통증이 너무 약하거나 아프지 않으면 가치가 없다. 반면 너무 강하면 정말 상대의 기분을 상하게 해 치고박으며 싸우게 될 수도 있다. 어느 정도가 적당한 선인지 각각의 친구관계에 따라 다르겠지만, 게이라고 놀리는 것은 이제 너무 약한 모욕도 너무 강한 모욕도 아닌 적당한 모욕으로 통용되는 것 같다. 아마도 1960년 이전에 남자 친구를 게이라고 놀렸으면 아마 대판 싸우고 다시는 서로 만나지 않았을 지도 모르지만...

* * *

'게이(gay)'라는 영어 단어 자체도 흥미로운 역사를 지녔다. 그 단어는 원래 '행복한, 재미있는, 밝은, 화려한, 태평한, 즐거운'이라는 뜻의 형용사이다. 그런데 19세기 어느 시점에 이 의미에 성적인 색채가 더해졌다. 무엇보다도 '태평하다'는 의미가 성적 행동에 있어서 '무책임한'이나 '이것 저것 가리지 않는'이란 중의적 의미로 쓰였다. 그러다가 20세기 들어서 '게이'는 본격적으로 동성애를 묘사하는 단어로 쓰이기 시작했다. 동성애 남자들이 이성애 남자들보다 '밝고 화려한' 옷을 자주 입는다는 사실이 이런 의미 변화에 일조를 했음은 분명하다. 1960년대에 게이 인권 운동이 본격화되기 시작했을 때 '게이'는 드디어 동성애를 묘사하는 일반적인 단어로 받아들여졌다. 그에 따라 본래의 뜻이었던 '밝은, 재미있는 혹은 명랑한'의 의미로 '게이'라는 단어를 쓰는 경우는 점점 줄어들기 시작했다. 이건 언어적으로 자연스런 현상이기도 하고, '밝은, 재미있는 혹은 명랑한'이라는 본래의 의미로 이 단어를 자주 구사했던 사람들이라도 동성애 문화와 관련되어 버린 이 단어를 의식적으로 피하기 시작했기 때문이기도 할 것이다

그리고 '게이'는 최근 또 한번의 진화를 겪었다. 10대 사이에서는 이 말이 경멸의 뜻으로 종종 쓰여, 거의 '나쁜(bad)'과 동의어가 된 것이다. 예를 들어 보자.

그 영화 너무 '게이' 같다(*That movie is so gay*).

1940년대였다면 위와 같은 말의 의미는 "그 영화는 밝고, 명랑하고, 재미있고, 태평하다."일 것이다. 1960년대에서 2000년대 초반 정도였다면 위와 같은 말은 거의 쓸 일이 없을 것이다. 왜냐하면 이 말을 쓸 수 있는 맥락이 아주 한정적이기 때문인데, 아마도 게이 영화인 줄 알고는 있었지만 막상 보니 생각했던 것보다 더 동성애 코드가 강하다고 느꼈을 때, 이런 말을 할 수 있을 것이다. 그러나 최근의 10대 혹은 사춘기 이전의 영어 네이티브 화자가 이

말을 했다면 분명히 그 의미는 "그 영화 형편 없네!"이다.

정확히 언제부터 '게이'가 나쁘거나 형편 없는 것을 의미하는 다목적 단어로 쓰였는지는 모르겠다. 내가 10대였던 1980년대에는 그런 의미로 '게이'라는 말을 쓴 기억이 없다. 대신 사람들이 '호모(fag)'라는 단어를 '나쁜 놈(bad guy)'이라는 의미로 사용했던 것은 기억한다. 예를 들어 14살이었던 내가 학교 체육 시간에 축구를 하고 있었을 때였다. 상대편 스트라이커가 갖고 있던 공을 내가 가로챘다. 그랬더니 그 녀석이 실망해서 나보고 "야 이 호모야!(You fag!)"라고 했다. 그 때는 별 생각 없이 들었지만 지금 생각해보면 'fag'라는 단어가 동성애자라는 원래 의미 말고도 그냥 화가 났을 때 내 뱉는 욕으로 자주 쓰였던 것 같다. 그리고 아주 최근에는 그런 역할을 하는 단어가 '게이'로 바뀐 게 아닌가 싶다. '게이'가 본래의 뜻인 '밝은, 재미있는 혹은 명랑한'으로 여전히 쓰이고 있었다면 나는 '게이'가 '나쁜' 이라는 의미로 쓰이는 것은 영미권 10대들이 자주 쓰는 반어법 경향에서 비롯됐다고 생각했을 것이다. 예를 들어 본래 '아픈, 메스꺼운, 싫증이 난'이란 의미로 쓰이는 'sick'이란 단어가 '아주 좋다'는 의미로 자주 쓰이는 것처럼 말이다. 미국에서 이 단어를 호주처럼 자주 쓰는지 모르겠지만 여하튼 호주에서는 다음과 같은 말을 아주 애용한다.

"That is a sick skateboard!
(이 스케이트보드 끝장인데!)"

"Man, I love this band, they are sick!"
(야, 이 밴드 너무 좋다, 끝장이야!)"

"I went to this fully sick party on Saturday night,
(나 토요일 밤에 완전 끝장나는 파티 갔잖아,)"

그러나 '게이'는 '나쁜'이라는 의미가 첨가되기 바로 전에
는, 이미 동성애자라는 의미 외에는 본래의 용법이 거의 사라
진 상태였기 때문에 반어법이라고 보기에는 무리가 있다. 대
신 '빨다'라는 의미의 'suck'이란 단어가 '불쾌하다' 혹은 '꽝
이다'라는 의미로 쓰여 "Wow, Matrix Revolutions really
sucks!(야, 매트릭스 레볼루션 정말 꽝이다!)", "It sucks that
I have to go to work on Saturday!(토요일에 회사 가야 하
다니 정말 꽝인걸!)" 등으로 쓰이는 것처럼 '게이'가 '나쁜'과
동의어로 쓰이는 것은 여전히 동성애를 혐오스럽게 생각하는
의식이 남아있기 때문일 것이다. 원래 '빨다'라는 뜻의 'suck'
이 이런 의미를 갖게 된 것도 남자끼리의 구강성교를 연상시
키기 때문일 가능성이 크다.

그런데 희한한 것은 'suck'은 여전히 '빨다'라는 본래의 의
미로도 자주 쓰이지만 '게이'는 '행복한, 재미있는, 밝은'이라
는 본래의 뜻을 완전히 잃어버렸을 뿐만 아니라 최근에는
'나쁜'이라는 정반대의 의미까지 겹쳐졌다는 것이다. 왜 '게
이'라는 단어의 의미는 불과 몇 십년 사이에 이토록 급격한

의미의 변화를 겪은 것일까? 호주의 언어학자 루스 와즌립 (Ruth Wajnryb)은 '게이'는 동성애자를 칭하는 다른 단어들 'poofter(제기랄), fag(꼬봉 노릇을 하다), queer(괴상한)' 등 과는 달리 원래는 선의가 담긴 단어에서 유래된 완곡한 표현 이기 때문에, 역으로 '게이'라는 단어를 '나쁜'이라는 의미로 자주 사용함으로써 '혐오스런 동성애'라는 원래의 낙인을 상 기시키기 위함이라고 주장한 바 있다.

사춘기 이전의 소년 캐릭터들이 등장하는 TV 애니메이션 '사우스파크(South Park)'는 이런 '게이'라는 단어의 용법을 가르쳐주는 교과서, 혹은 전시장 같은 프로그램이다. 다음은 그 중 일부이다.

- "'고락' 이라니 완전 게이 같은 이름이네(*Gorak's a gay name*)"
- "친구, 이거 정말 게이 같다!(*Dude, this is gay!*)"
- "어휴, 이 게이야(*Ugh. Gay, dude*)."
- "뭐의 한 부분?! 게이와드[3] 같은 마술사의 미친 인생 계획 말 야!(*A part of what?! Some gaywad magician's crazy life plan?!*)"
- "그 게이와드들이 네 편이야?(*Those gaywads are on our side?*)"
- "그래, 그녀가 그랬지, 하지만 이제 어쨌든 우리가 다시 학교로 가야 한대, 완전히 게이 같은 시추에이션이지(*She did, but now they're saying we have to start going back to school anyways. It's*

---

3 '게이와드(gaywad)는 '게이'와 '딕와드(dickwad)'의 합성어로, 싫어하는 사람을 묘사할 때 쓰는 또 다른 단 어이다. 딕와드란 속어는 정액이 음경 끝에 말라붙어 소변을 볼 때 오줌이 사방으로 튀는 것을 말한다.

totally gay.)"

- "지구에 대한 이 게이 같은 비디오 때문에 우리가 그 난리를 친 거야?(We went through all that just for some gay video of Earth?)"

- "카트먼, 게이 같은 짓 좀 그만둘래?(Cartman, will you stop this gayness?)"

- "어이, 게이들, 뭐하고 있어?(Hey gaybots, what going on?)"

- 기자: "스탠, 주 챔피언십에서 뛰는 기분이 어때?(Stan, how does it feel to be playing for the State Championship? 스탠: "게이 같아요(Gay)."

- "그 게이 같은 노래 고마워요, 사우스파크는 이제 미국에서 두 번째로 잘난 체 하는 도시가 되었네요!(Thanks to your gay little song, South Park is now the second smuggiest city in America!)"

'사우스파크'는 좌파 자유주의를 표방하는 경쟁작인 '패밀리 가이(Family Guy)'나 '심슨 가족(The Simpsons)'과 달리 정치적으로 중도적이다. 때문에 '사우스파크'에게는 보수세력 뿐만 아니라 진보세력도 비판과 풍자의 대상이 되는데 내가 이 '사우스파크'의 제작자 트레이 파커(Trey Parker)와 매트 스톤(Matt Stone)을 높이 평가하는 이유는 앞서 말한 '게이'라는 단어의 변천사와 같은 사회, 문화, 그리고 역사학적인 맥락을 그들이 완벽하게 이해하고 있으며 또 그것을 십분 활용하여 우파, 좌파할 것 없이 세상의 곳곳에 풍자의 펀치를

사우스파크의 등장 캐릭터들과 게이를 주제로 한 에피소드의 한 장면

날리고 있기 때문이다. 다음의 예를 살펴보자.

에피소드 301: '우림과 슈마인 숲'

이 에피소드에서 미스 스티븐스라는 교사는 '아이들과 즐
겁게(Getting Gay With Kids)'라는 어린이 합창단을 이끈다.
합창단의 목표는 중미 지역의 열대우림을 구하는 것이다. 사
우스파크의 소년들 카일, 스탠, 케니와 카트먼이 합창단의 일
원이 되고 코스타리카로 가서 우림을 살리기 위한 콘서트를
열기로 한다. 그들이 부를 노래의 후렴구는 다음과 같다.

Getting Gay With Kids is here!
('아이들과 즐겁게'가 왔어요!)

To spread the word and bring you cheer. Yeah!
(입 소문을 내고 즐거움을 주러 왔어요, 예이!)

Getting Gay With Kids is here!
('아이들과 즐겁게'가 왔어요!)

Let's save the rainforest!
(우리 함께 우림을 살려요!)

It's totally gay! It's totally gay!
(정말 즐거워요! 정말 즐거워요!)

여기서 '게이'는 본래의 의미로 쓰였다. 하지만 영리한 중의법을 구사하고 있기도 하다. 오직 미스 스티븐스만이 '게이'라는 단어의 본래 뜻(즐거운)으로 이 노래를 듣고 있으며, 그 본래의 뜻을 알 리 없는 대부분의 아이들에게는 그 노래가 "우림을 살리는 건 정말 멍청한 생각이야."라는 의미로 들리는 것이다. 미스 스티븐스가 그런 상황을 전혀 인지하고 있지 못하다는 사실은 그녀가 완전히 현실과 유리되어 있다는 것을 보여준다. 이는 현실과는 너무 동떨어진 주장만 해대는 환경운동가들에 대한 풍자인 것이다.

콘서트가 열리기 전 합창단원들과 미스 스티븐스는 먼저 우림으로 여행을 간다. 하지만 그들은 우림을 보고 실망한다. 뱀이 그들의 가이드를 먹어버리고, 그들은 무장 반군과 언쟁을 벌인다. 그리고 결국 정글에서 길을 잃는다. 미스 스티븐스는 우림에 대한 태도를 180도 바꾸며 이렇게 소리친다. "이 망할 놈의 우림 다 폭파시켜버려! 이 망할 놈의 우림!!... 엿이나 먹어라!! 난 우림이 졸라 싫어! 졸라 싫어!!" 이는 환경론자들에 대한 두 번째 비판이다. 그들 대부분은 미스 스티븐스처럼 도시인이다. 자신들이 구하고자 하는 자연에 대한 직접적 지식이나 존경심이 거의 혹은 전혀 없는 사람들인 것이다.

한편 카트먼은 무리를 벗어나서 한 떼의 벌목꾼을 찾아낸다. 벌목꾼들은 미스 스티븐스와 나머지 아이들을 구하러 간다. 미스 스티븐스와 아이들은 계획대로 콘서트를 하러 가지만, 우림에서 겪은 일을 때문에 노래 가사를 바꾼다.

There's a place called the rainforest; it truly sucks ass.
(우림이라는 곳이 있죠, 완전히 썩은 곳이에요.)

Let's knock it all down and get rid of it fast.
(어서어서 완전히 쓸어 없애 버리자구요.)

You say, "Save the rainforest," but what do you know?
("우림을 살리자"고 하시는데, 뭘 알기나 해요?)

You've never been to the rainforest before.
(우림에 한번 가 본적도 없으면서.)

Getting Gay With Kids is here!
('아이들과 즐겁게'가 왔어요!)

To spread the word and bring you cheer. Yeah!
(입 소문을 내고 즐거움을 주러 왔어요, 에이!)

Getting Gay With Kids is here!
('아이들과 즐겁게'가 왔어요!)

Let's knock down the rainforest! What do you say?!
(우림을 쓸어 없애 버리자구요! 어때요?!)

It's totally gay! It's totally gay!
(정말 게이 같아요! 정말 게이 같아요!)

'It's totally gay'라는 후렴구는 원래 가사 그대로이지만 이제 미스 스티븐스에게도 그 의미는 바뀌었다. 이제 그 의미는 "우림은 끔찍한 곳이다"라는 것이다. 사실, 위와 같은 풍자를 제대로 이해하려면 '게이'라는 단어의 의미변천사에 대한 사전지식이 있어야 할 것이다. 그래서 그런지 사우스파크의 또 다른 에피소드인 405화 '위대한 유산(Great Expectations)'에서는 직접 설명과도 같은 대사가 등장한다.

"Oh, what a gay time we shall have, and I do mean gay as in festive, not as in penetration of the bum."
("오, 얼마나 게이 같은 시간이 되겠냐, 여기서 게이는 축제의 분위기를 말하는 거야, 건달 놈 엉덩이를 관통하는 걸 의미하는 게 절대 아니라구.")

이렇게 설명이 필요할 정도로 '게이'의 원래 의미가 이제 완전히 사라졌다는 것은 아주 명백하다.

에피소드 806: 미래에서 온 사람들(*Goobacks*)

이 에피소드에서는 '동성애자'를 의미하는 '게이'와 '나쁨'을 의미하는 '게이'를 나란히 놓는다. 미래에서 온 사람들이 미국으로 이민 와서 아주 낮은 급료를 받고 일을 하기 시작한다. 그 결과 사우스파크의 많은 남자들이 일자리를 잃게 된다.

공식 채널을 통해 불만을 제기해도 아무런 효과가 없자 이들은 과감한 데모를 하기로 한다. 그들은 옷을 벗고 거대한 인간 피라미드를 쌓고는 서로 '게이 섹스'를 하기 시작한다. 스탠의 아버지 랜디는 기자에게 이렇게 말한다. "우리는 모든 사람을 게이로 만들어서 미래의 인간을 몰아낼 거요!(We're trying to turn everyone gay so that there are no future humans!)" 그리고 정말 미래의 인간은 없어지기 시작한다. 게이는 애를 낳을 수 없기 때문에...

하지만 스탠은 만약 미래가 살기 좋아진다면 미래의 사람들이 이민을 오지 않고 그곳에 머물러 있을 것이라고 생각한다. "아마도 미래를 없애는 게 아니라 더 나은 미래를 만드는 게 답일 거에요." 그가 말한다. 그래서 사우스파크 사람들은 재활용을 하고 나무를 심고 풍력 발전 소를 만드는 등 지역 사회를 개선하려 노력한다. 하지만 그 일은 생각만큼 쉽지 않고 아이들은 그 고된 일을 싫어한다.

> 스탠: 친구, 잠깐, 잠깐, 기다려, 잠깐 기다려, (삽을 떨어뜨리며) 이거 정말 게이 같다(This is gay).
>
> 카일: (역시 삽을 떨어뜨리며) 진짜 게이 같아(This is really gay).
>
> 카트먼: 그래, 이건 모든 사람이 인간 피라미드를 쌓고 서로 섹스할 때보다 더 게이 같아(Yeah, this is even gayer than all the men getting in a big pile and having sex with each other).

그래서 힘든 일에서 벗어나기 위해 스탠은 다시 남자들이 서로 섹스를 해서 미래의 사람들을 저지해야 한다고 입장을 뒤바꾼다. 동네의 모든 남자들이 서로 섹스를 하는 것보다 그렇게 일하는 것이 더 게이 같기 때문이다. 그래서 남자들이 다시 게이 섹스를 하는 장면으로 이 에피소드는 끝난다.

여기서 웃음은 대부분의 게이 조크에서 그렇듯 뜻하지 않는 상황의 전개이다. 처음에는 미래로부터 온 이민자를 몰아내고 일자리를 되찾겠다고 시작된 게이 섹스를, 사우스파크의 남자들이 이제는 은근히 즐긴다는 것이 웃음의 요소가 되는 것이다. 여러분은 아마도 위의 에피소드에서 '동성애자'란 의미의 '게이'와 '나쁜'이라는 의미의 '게이'를 쉽게 구분해냈을 것이다. 이제 여러분도 게이 조크를 즐길 수 있게 된 것이다. 그것이 옳으냐 그르냐는 여기서 논외이다.

에피소드 910: 그 알을 따라라(Follow That Egg)

이 에피소드에서는 '동성 결혼(gay marriage)'이라는 주제를 다룬다. '심슨 가족'과 '패밀리 가이' 역시 동성 결혼을 다룬 적이 있는데 비교해가며 보는 것도 재미있는 일이 될 것이다.

미스터 게리슨은 사우스파크 초등학교의 교사이다. 1997년 '사우스파크'가 처음 방영되었을 때 그는 음침한 사생활을 즐기며 항상 손에 끼고 다니는 꼭두각시 인형에 묘한 매력을 느끼는 사람으로 묘사되었다. 412화에서 그는 커밍아웃을 하는데 사실은 그 인형이 그의 '동성애적인 측면'을 나타내고 있었던 것이다.

어쨌든 이번 에피소드에서 미세스 개리슨(그는 성전환 수술까지 해서 이제 미세스 개리슨이 되었다)은 옛 남자친구 미스터 슬레이브와 재결합을 시도한다. 하지만 이제 개리슨이 여자가 되었기 때문에 슬레이브는 개리슨과의 관계에 흥미가 없다. 게다가 슬레이브는 새 남자친구 빅 게이 앨(Big Gay Al)을 사귀고 있고 그들은 동성 결혼을 허용하는 콜로라도 주의 새로운 법안이 통과될 것을 기대하며 결혼계획도 세우고 있다.

미세스 개리슨은 질투심으로 활활 타오른다. 그녀는 자신의 옛 남자친구가 절대로 빅 게이 앨과 결혼할 수 없도록 동성결혼에 관한 새 법안이 반드시 부결되도록 하겠다고 맹세한다. 개리슨은 게이이자 트랜스젠더이면서도 아주 보수적이고 고집불통인 뭔가 이치에 맞지 않은 사람이다. "당신은 결혼 못해!" 그녀는 그들에게 외친다. "너희는 동성애자야! 망할 동성애자 같으니라고!"

미세스 개리슨은 주지사에게 법안을 철폐하라고 탄원하지만, 주지사는 동성 부부가 나쁜 부모가 된다는 증거가 있어야 한다고 한다. "동성애자가 아이를 키울 수 있다고 생각하세요?" 그녀는 묻는다. 미세스 개리슨은 자신이 가르치는 4학년 학급에서 시험을 하겠다고 제안한다. 학생들은 둘씩 짝을 지어 그녀가 사인을 한 알을 하나씩 받는다. 그리고 1주일 동안 그 알을 돌보아야 한다. 스탠과 카일이 서로 짝이 되었고 여학생 웬디와 베베도 서로 짝이 되었다. 미세스 개리슨은 동성 커플은 알을 깨뜨릴 거라고 확신한다. 하지만 그녀의 방해공작에도 불구하고 스탠과 카일의 알은 살아남는다. 그리고 주지사는 동성 부부가 좋은 부부가 되리라고 확신하게 되고 법은 통과되며 슬레이브와 앨은 결혼을 한다.

또 다른 한 장면에서는 주지사가 다음과 같은 협상을 제안한다. 동성애자의 결혼을 허용하되 결혼이라고 부르지 말자는 것이다. 대신 '궁둥이 친구(butt-buddies)'라고 부르자는 것이다. 이렇듯 '사우스파크'는 동성 결혼을 지지하는 것 같지만, 동성애를 묘사하는 방식을 보면 가끔 동성애에 대한 혐오를 드러내는 것 같기도 하다. 그 어느 것도 지지하지 않는 것이 '사우스파크'의 매력이기는 하지만 말이다.

'사우스파크'에는 남자 게이가 다섯 명 등장한다. 거의 항상 정신이 나간 듯한 미스터/미세스 개리슨, 검은 가죽 옷을 입은 전형적인 마초인 개리슨의 옛 남자 친구 미스터 슬레이브, 지옥에 사는 악마인 사탄, 사탄과 만났다 헤어졌다 하는 게이 애인 사담 후세인, 그리고 104화에서 처음 등장한 이래 자신이 동성애자임을 공개적으로 당당하게 드러내는 허풍쟁이 빅 게이 앨이다. 이들은 모두 부정적인 면을 가진 캐릭터이며 그 중 하나인 사탄은 말 그대로 악의 화신이다. 그러나 전형적인 게이 쾌락주의자로 묘사되는 미스터 슬레이브 같은 경우에는 다른 면에서는 꽤 균형이 잘 잡힌 사람처럼 보이며 812화 '멍청하고 버릇 없는 창녀 비디오 플레이셋(Stupid Spoiled Whore Video Playset)'에서는 웬디에게 패리스 힐튼 같은 사람을 추종하는 것은 어리석은 짓이라며 아버지 같은 충고를 할 줄도 아는 사람이다.

'사우스파크'의 제작자 트레이 파커는 한 텔레비전 프로그램에서 어린 아이들 캐릭터 치고는 대사들이 너무 상스러운 것 아니냐는 질문에, '사우스파크'의 어린 등장인물들이 쓰는 말은 실제로 현재 미국의 어린 아이들이 쓰는 말이라며 답변한다.

"아이들이 말하는 방식 그대로죠(This is how kids talk)." [4]

즉 '사우스파크'는 여러 가지 사회문제나 인물들이 공공연하게 밖으로 드러내는 그대로의 모습을 묘사하고 풍자할 뿐 그 속의 깊은 내막이나 숨은 진실 따위가 있다고 믿지 않는 것이다. 그래서 '사우스파크' 세상에서는 무식함과 멍청함은 조롱의 대상이 될 것이고, 지혜는 단지 조롱 받지 않을 뿐 존경의 대상이 아니다. 게이 조크도 그 일부일 뿐 그 자체가 좋다거나 나쁘거나 하다는 판단은 '사우스파크'에 없다.

---

4 ABC 방송의 '나이트라인(Nightline)' 2006년 9월 22일 방송분 참조

에피소드 614: 관용의 집단 처형장(*The Death Camp of Tolerance*)

이 에피소드에서 미스터 개리슨(성 전환 수술 하기 전)은 4학년 아이들을 가르치게 된다. 새로운 법은 학교에서 동성애자 차별을 금지하고 있다. 학교에서 동성애자에 대한 차별이 있으면 미스터 개리슨은 학교를 대상으로 수백만 달러의 소송을 걸 수 있다. 그는 수백만 달러를 얻기 위해 게이라는 이유로 해고당하려 애쓴다.

그는 새 남자친구이자 조교인 완전한 마초 미스터 슬레이브를 데려와서는 학생들 앞에서 엽기적인 S&M(sadism and masochism) 행각을 벌인다. 마지막에는 미스터 슬레이브의 항문에 생쥐를 집어 넣기까지 한다. 물론 동성애와 S&M은 완전히 별개의 것이다. 미스터 슬레이브는 단지 학교에서 쫓겨나기 위한 목적으로 그런 행동을 하는 것이다. 어쨌든 학생들은 불편해하며 부모에게 불평을 한다.

카일의 엄마: 학교는 어땠니?(*How was school?*)

카일: 어휴, 안 좋아요(*Uhh, not cool*).

카일의 엄마: 그거 잘됐구나(*That's great*). (건성으로 들은 그녀는 다시 손님들과 수다를 떨기 시작한다).

스탠: 아니, 아니요, 카일은 안 좋다고 했어요. 오늘 새 선생님이 왔는데 3학년 때 선생님이었던 미스터 개리슨이었어요(*No, no, he said not cool. We got our new teacher* today; it's, it's Mr. Garrison, our old third grade teacher).

카일: 선생님의 조교가 있는데요, 그 둘이 글쎄… 완전히 게이 같아요(Well, he has this new teacher's assistant, and uh and they're both… totally gay).

카일의 엄마: 카일! 동성애자를 차별해서는 안 돼!(Kyle! You know better than to discriminate against homosexuals!)

스탠: 네, 하지만 그 사람들 정말 너무 게이 같아요(Yeah but, these guys are really super-gay).

스탠의 아빠: (언짢아하며) 스탠, 너에게 놀랐다, 나는 네가 사람들을 있는 그대로 받아들일 줄 안다고 생각했는데(I'm surprised at you, Stanley. I really thought you knew how to accept people for what they were).

스탠과 카일은 '게이'라는 단어를 써서 명확한 유동성을 갖고 '동성애자'와 '나쁘다'는 의미를 모두 표현하려 했다. 하지만 그들의 부모는 그 말을 동성애 혐오적인 발언이라고 해석한 것이다. 그들은 아이들이 새 선생님이 동성애자이기 때문에 싫어한다고 생각한다. 그래서 그들은 아이들에게 '관용의 박물관(Museum of Tolerance)'을 관람시키고 나중에는 '관용 캠프(Tolerance Camp)'에 까지 참가시킨다. 거기서 아이들은 자신과 다른 사람을 받아들이는 법을 배운다. 관용 캠프는 나치의 강제 수용소를 모델로 하고 있다. 그곳에서 아이들은 차이와 다양성을 받아들이라며 총으로 위협받는다.

한편 미스터 게리슨은 역경과 편견을 극복한 '용감한 교사상'을 받게 되어 충격에 휩싸인다. "내가 당신 똥구멍에 쥐를 갖다 대기까지 했는데 내게 그 망할 놈의 메달을 주겠대!" 그는 짜증을 낸다. 시상식에서 그는 분홍색 깃털 드레스를 입고 진한 화장을 하고는 미스터 슬레이브의 등에 업혀 등장한다. 참석자 중 어른들은 "야, 정말 용감하다!" 라고 중얼댄다. 미스터 개리슨은 섹스에 대해 몇몇 형편없는 발언을 하는데 더욱 큰 박수와 찬사가 쏟아질 뿐이다. 결국 그는 그 멍청한 학부모들 앞에서 수업 때 했던 끔찍한 S&M 행각을 또 다시 벌인다. "애들 말이 맞았어!" 그제서야 스탠의 아버지가 외친다. "우리 아이들은 동성애자를 증오하지 않았어. 걔들은 그저 저 망할 놈의 짓을 싫었

사우스파크의 제작자 매트 스톤(좌)과 트레이 파커(우)

던 거야."

　하지만 아이들은 이미 관용 캠프에서 죽을 고생을 하고 있다. 사실 어린 아이들이 '게이'를 '나쁜'이란 의미로 쓰는 것은 거의 무의식적이다. 마치 유행어처럼 그 어감이 재미있으니까, 다른 친구들이 다 쓰니까 입에 붙은 것이다. 그 단어에 정말로 동성애에 대한 혐오를 담고 쓰는 사람들은 바로 스탠의 아버지 같은 어른들일 것이다. 이 에피소드에서 어른들이 아이들의 진의를 빨리 파악하지 못한 것은, 아마도 세대 간의 언어장벽 때문일 수도 있고 사우스파크의 어른들이 실은 동성애를 혐오하기 때문일 수도 있다. 그래서 겉으로 동성애에 관용을 베풀어야 한다고 오버하는 그들의 모습이 우습게 느껴지는 것이다.

* * *

　'패밀리 가이', '점원들', '사우스파크'에 등장하는 게이 조크를 아무런 사회적 맥락 없이 본다면, 동성애에 대한 강한 혐오와 조롱이 가득한 내용으로밖에 읽히지 않을 것이다. 하지만 게이 조크 자체가 동성애를 무조건 금기시하고 엄연히 존재하는데도 비자연적인 것이라 여기며 애써 외면하던 시대에서 진일보되어, '게이'라는 대상 자체를 세상에 드러내고 그것과 함께 하게 된 어색함과 불편함을 누그러뜨리려는 하나의 노력이라고 생각하면 어떨까?

　또한 위에 언급되었던 여러 가지 에피소드는 여러 가지

사회문화적인 맥락을 충분히 숙고한 다음에야 나올 수 있는 상당히 지적이고 세련된 유머를 보여주고 있다. 나는 그 중에서 특히 '사우스파크'에 더 높은 점수를 주고 싶다.

마지막으로 '패밀리 가이'의 시즌 4의 에피소드에 대한 DVD 해설을 인용하며 이 장을 정리하고자 한다.

제작자 세스 맥팔레인: "우리는 동성 결혼을 지지합니다. 그렇게 말하고 싶네요."

작가이자 프로듀서 마이크 헨리: "우리는 헌혈도 지지해요."[5]

1977년
사이먼씨, 성도착증도 아니고 정신병도 아닙니다. 이건 완전히 정상적이고 자연스러운 거예요. 사이먼씨는 환자가 아니라 게이입니다.

2008년
― 으, 사우스파크잖아! 사우스파크는 엿 같아.
― 엿 같은 게 아니라 끝장나지! 이 게이와드야.

5

해리포터의 유전학과 운명론

영화 해리포터의 한 장면

호그와트는 등록금이 얼마에요?

해리포터 시리즈는 소설로나 영화로나 너무도 유명해서 따로 소개할 필요가 없을 정도지만(소설은 전세계적으로 3억 부 이상이 팔렸다! 전세계 인구의 20분의 1이라면 문맹이나 책을 구할 수 없을 정도로 가난한 사람들을 제외하고는 모두 해리포터를 읽어봤다는 얘기가 된다), 이 글을 쓰기 위해 언급된 기본정보를 미리 알리고 해리포터 초심자의 이해를 돕기 위해 간략하게나마 그 내용을 소개하는 것으로 시작한다.

주인공 해리포터는 황량한 영국 동네에 살고 있는 사춘기 이전 소년이다. 그는 아주 어렸을 때 부모를 모두 잃고 자신을 천대하는 친척집, 더슬리 일가에서 더부살이하며 자란다. 하지만 그는 인생의 변화를 느끼고 있다. 원하는 일은 '마법처럼' 현실이 되는 자신의 숨겨진 능력을 깨닫는 중인 것이다. 곧 그에게 호그와트 마법학교의 입학 통지서가 날아든다. 호그와트는 비밀스럽고 음울한 마법으로 운영되는 학교로 오로지 마법사만이 그 일원이 될 수 있다. 나중에 밝혀지지만 해리 역시 마법사의 피를 물려받았다. 그의 부모가 마법사였던 것이다. 마법과 상관 없는 더슬리 일가의 반대에도 불구하고 해리는 호그와트로의 입학을 감행한다.

호그와트는 그루핀도르, 슬리데린, 레번클로, 후플후프라는 네 개의 기숙사로 이루어져 있다. 해리는 친구 론, 그리고 헤르미온과 함께 그루핀도르에 들어간다. 이 글을 쓸 당시, 스토리 전개 상 해리는 호그와트 6학년이었다. 해리포터 시리즈에서 일어나는 대부분의 사건은 이 마법학교 호그와트를 배경으로 하고 있다. 해리와 헤르미온, 론 등의 등장인물들은 대부분의 시간을 그 안에서 수업을 듣고 스포츠를 즐기고 책을 읽으며 보내고, 간혹 외출할 뿐이다. 호그와트는 그 자체가 하나의 등장인물로 여겨질 정도로 소설에서나 영화에서나 그 구석구석이 생동감 있게 묘사되고 있다. 호그와트는 흥미롭고 변화무쌍한 캐릭터이다. 다른 살아있는 캐릭터처럼 이리저리 옮겨다니거나 다치거나 죽는 것은 아니지만, 해리와 마찬가지로 위협에 처하기도 하고 서로 다른 사람들에게 사랑 받거나 미움을 받기도 한다. 또한 사람들이 마음의 구석진 곳에 비밀을 품

해리포터 이야기의 주무대 호그와트. 영국 귀족 사립학교를 모델로 했다.

고 있듯이 호그와트 역시 '비밀의 방'을 품고 있다.

호그와트의 주요 건물은 호숫가에 지어진 고딕과 바로크 풍이 혼합된 오래된 성인데 그 안에는 높은 천장과 화려한 장식들로 가득한 연회장에서부터, 어둡고 습기 가득한 지하 감옥에 이르기까지 온갖 이야기와 모험, 사건, 사고가 벌어질 만한 다양한 공간들이 구비되어 있다.

이 멋지고도 위험한 모험으로 가득 찬, 웅장한 학교 호그와트는 이튼 스쿨처럼 왕족과 귀족이 다니는 고전적 영국 사립학교를 실제 모델로 한 것이다. 현실 세계와는 달리 호그와트에 입학하기 위해서는 큰 돈은 필요 없는 것으로 보이지만 (물론 돈이 많으면 도움이 되긴 할 것이다!) 현실세계와 마찬가지로 특권은 필요하다. 태생적으로 마법의 능력을 갖고 있지 않으면 호그와트에 입학할 수 없는 것이다. 마법의 능력이 없는 사람, 즉 머글(Muggle)은 호그와트에 지원할 수 없다. 마법 교육의 기회 자체가 차단되어 있는 것이다.

세상에는 교육이라는 대상을 보는 여러 가지 관점들이 있다. 그런데 나는 우리가 사는 세상에서 교육은 '성공의 관문 (Portal to Greatness)' 모델과 '세금 신고(Tax Return)' 모델로 양분되어 있다는 것이 냉혹한 현실이라고 생각한다. '성공의 관문' 모델은 그야말로 이상적이다. 이 모델은 모든 아이들은 서로 다르지만 각자 뭔가를 잘 할 수 있는 동등한 가능성이 있다고 믿는 것이다. 따라서 학교는 최선의 시설과 최대한의 지원으로 학생들을 가르쳐야 한다. 그 누구나 성공할 수 있는 가능성이 있기 때문에 교육에 대한 투자와 노력은 언제나 보상 받을 것이기 때문이다. 이 모델에서 교사와 학교의 의무는 모든 학생들을 최대한 훌륭하게 만드는 것이다. 반면 '세금 신고' 모델은 그야말로 암울하다. 이 모델은 일부의 소수 학생들이 나머지 대다수의 학생보다 모든 면에서 더 나은 능력을 가지고 있다고 받아들인다. 그 이유는 유전자와 사회·경제적 지위까지 다양하다. 따라서 학교의 의무란 모든 학생들에게 최소한의 교육만을 제공해 주는 것이다. 학교에서 무엇을 가르치든 능력과 재능이 있는 학생들은 인생에서 성공할 것이며 나머지는 그렇지 못할 것이기 때문이다. 이 모델 하에서 교사의 의무는 학생들이 사회의 구성원으로서 참여하기 위한 필수적인 지식만을 알려주는 것이다. 학교가 그이상은 해줄 수 없다. 이 모델을 초기 산업혁명 사회에서 공공교육을 의무화 하며 제안된 '최소한 세금 신고하는 법은 알게 한다!(at least make sure they know how to fill in a tax return!)'라는 모토와 정확하게 부합된다. 더불어 공립 학교 건물은 이러한 우울한 평등주의 철학을 반영한다. 세계 대부분의 나라에서 공립학교 건물은 구 동독의 아파트 단지를 닮았다. 특히 3, 4층 정도로 이루어져 있는 일본과 한국의 공립학교 건물은 영락없이 구 동독의 아파트 단지처럼 보인다. 따뜻함이나 즐거움은 거의 느껴지지 않고 그 어떤 영감도 주지 못한다. 호그와트는 이런 공립학교와는 모든 요소에서 정반대로 꾸며진 학교이다. 학생들에게 영감을 불어 넣어주는 환상적이고 아름다운 사상 최고의 학교이다. 만약 '성공의 관문'인 학교가 있다면 그것은 바로 호그와트일 것이다.

그러나 해리포터 시리즈를 좋아하는 대부분의 사람들은 '세금 신고' 모델 하에서의 교육을 받거나 받고 있는 이들이다. 왜냐하면 '성공의 관문' 모델 하의 교육을 받을 수 있는 사람들은 전세계 인구의 1%도 채 되지 않기 때문이다. 해리포터 시리즈 속의 학생들은 근사하게 디자인 된 교복을 입고 넓다랗고 고풍스런 교정을 옮겨다니며 토론과 실습 위주의 수업을 받는다. 그리고 방과 후에는 마치 폴로와 럭비를 혼합한 듯한 퀴디치를 즐기기도 한다. 누구나 한번쯤 꿈꾸어 봤던 고급스런 학교생활인 것이다. 해리포터 시리즈의 성공요인 중 하나로 이런 교육에 대한 판타지를 제공한 점을 꼽는 것도 이 때문이다. 작가 닐 가이먼(Neil Gaiman)에 따르면 해리포터가 나오기 전, 영국에서는 10년 동안이나 지저분한 공영 주택 단지에 살며 헤로인에 중독된 '진짜' 아이들이 등장하는, 음울하고 우울한 소설이 주류였다는 사실이 해리포터 시리즈의 폭발적인 인기 요인이라고 한다. 영국의 독자들은 이제는 신물이 나는 리얼한 현실 대신 달콤한 환상에 빠져들고 싶었던 것이다. 그것은 다른 나라 독자들도 마찬가지였을 것이다.

어쨌든 해리포터 시리즈에서 마법은 선천적인 것으로 묘사된다. 물론 학습함으로써 점점 새로운 마법을 익혀가는 주인공들의 모습이 묘사되지만 그건 어디까지나 그들이 태생적으로 마법 능력을 가졌기 때문이다. 머글에게 있어서 마법은 쿵푸를 배우거나 제2 언어로 터키어를 배우듯 학습될 수 없는 성질의 것이다.

해리포터와 론의 경우처럼 부모가 모두 마법의 힘을 가졌을 경우에는 대부분 자신도 마법의 능력을 갖게 된다. 하지만 해리와 론의 경우도 약간 차이가 있다. 론이 가문 대대로 마법사의 혈통을 가진 '순수혈통(pure blood)'인데 반해 해리포터는 친척 중에 머글이 섞인 '혼혈(half blood)'인 것이다. 가끔 둘 다 마법사인 부모에게서 태어났지만 자신은 마법의 능력이 없는 경우도 있는데, 이들은 '스큅(Squibs)'이라고 불린다. 헤르미온은 아주 독특한 경우이다. 부모가 모두 마법의 능력이 없는데도 마법의 능력을 갖고 태어난 것이다. 그러나 헤르미온 역시 순전한 '머글 혈통'은 아닐 것이다. 몇 세대가

지나서야 발현되는 유전형질이 있듯이 헤르미온은 아마도 몇 세대 전에 마법의 능력을 지닌 조상의 피를 물려 받았을 것이다.

그런데 이런 혈통의 차이로 인해 마법사들 사이에서도 그 신분이 갈라진다. 마치 평민과 구분되는 귀족들 사이에도 그 신분의 차가 있는 것과 마찬가지이다. 해리포터와 끊임없이 대립각을 세우는 슬리데린의 말포이 일가는 뼈대 있는 순수 마법사 혈통으로 상당한 부와 권력을 누리고 있다. 론의 가문인 위즐리 일가 역시 머글의 피가 섞이지 않은 순수 혈통의 마법사 집안이긴 하지만 머글과의 잦은 교류로 인해 '혈통배신자(blood-traitor)'로 불리며 권력 주변부로 밀려 난 쇠락한 마법사 집안이다. 그 밖에 해리 포터와 같은 '혼혈 집안'이나 헤르미온 같은 특수한 경우는 하층 마법사로 분류된다.

해리포터 시리즈의 스토리를 끌어가는 주된 갈등은 바로 이런 마법사들 간의 신분, 혹은 계급 투쟁에서 비롯된다. 순수혈통의 마법사들 중 일부는 해리포터의 부모를 죽인 볼더모트를 은밀하게 추종하고 있다. 강력하고 사악한 마법을 써 '이름조차 불러서는 안 될', 그 무시무시한 볼더모트를 순수 혈통의 마법사들이 추종하는 이유는 무엇일까? '죽음을 먹는 자들(The Death Eaters)'이라고 불리는 볼더모트의 추종자들은 원뿔형의 두건으로 얼굴을 가린 모습이 마치 KKK단과 비슷한 모습을 하고 있다. 그들의 목적은 KKK단 만큼 사악하게도 '마법부'라고 알려진 마법 세계를 운영하는 민주적 관료제를 파괴하고 볼드모트를 황제로 하는 순수혈통만의 새로운 마법제국을 건설하는 것이다. 그런 어둠의 세력들에 대항하는 집단이 바로 호그와트의 교장, 덤블도어를 수장으로 한 비밀단체 '불사조 기사단'이다. 해리포터 시리즈는 이 두 세력 간의 갈등을 중심으로 그 정점을 향해 진행되고 있으며 이러한 갈등은 서로 다른 세계관 사이의 충돌이기도 하다.

'죽음을 먹는 자'들은 혈통과 유전자가 사회에서의 위치를 결정한다고 믿는다. 혈통과 출생 신분만으로도 다른 이들보다 우월한 위치에 설 충분한 이유가 되며, 때문에 통치하도록 운명 지워진 소수의 사람에게 나머지는 대다수의 사람들이 통치 받는 건 너무도 자연스러운 일이다.

반면 불사조 기사단은 모든 인류는 동등하다고 생각한다. 출생지와 부모가 그 평등에 영향을 줄 수는 없으며 자신의 노력 여하에 따라서 얼마든지 태생적인 유전자의 약점을 극복할 수 있다고 믿는다. 또한 그들은 누구도 어떤 이유로든 다른 이를 복종시킬 권리는 없다고 생각한다. 불사조 기사단의 세계관을 지지해주는 것이 바로 헤르미온과 네빌 롱바텀의 경우이다. 헤르미온은 머글 혈통이지만 지적 능력이 아주 뛰어나고 누구보다 마법 공부에 열중하는, 아마도 호그와트에서 가장 탁월한 학생일 것이다. 반면 네빌 롱바텀은 순수혈통의 마법사 가문 출신이지만 어리버리하고 마법 수업에서 가장 뒤처진 학생 중 하나이다. 사실 그의 소질 부족은 아이러니하게도 순수혈통 간의 근친 혼인에 그 원인이 있는 것으로 해석될 수도 있을 것이다.

과학적으로 보더라도 사회가 만든 상류층에 유전자풀(gene pool)을 국한시키는 것은 지혜롭지 못한 일이다. 유전자 자체도 자신의 건전성을 위하여 그것을 원하지 않을 것이다. 어쩌면 본인은 의식하지 못하는 유전자의 힘에 이끌려 그 수많은 왕자와 공주들이 자신의 신분과 맞지 않는 비극적인 사랑에 빠져드는 것일지도 모른다.

해리포터 시리즈와 유사한 두 세계관의 충돌이 드러나는 작품이 또 하나 있다. 바로 엑스맨 시리즈이다. 해리포터 시리즈에서는 혈통과 유전자에 관한 주제가 여러 가지 사건을 통해 서서히 드러나는 데 반해, 엑스맨 시리즈는 처음부터 노골적으로 이 주제를 다루고 있다. 엑스맨에 등장하는 '돌연변이'들은 일반인들에게는 없는 다양한 능력을 보유하고 있다. 염력, 심령 능력, 날씨를 통제하는 능력, 불이나 얼음을 통제하는 능력, 하늘을 나는 능력 등 그 종류도 다양하다. 해리포터 시리즈로 치자면 그들은 각기 독특한 마법의 능력을 가진 것이다. 마법의 능력이 유전자 정보를 담고 있는 혈통에서 유래됐듯이 돌연변이들의 능력은 두 말할 필요 없이 유전자로 인한 것이다.

엑스맨 시리즈에도 불사조 기사단과 죽음을 먹는 자들처럼 대립되는 세계관을 상징하는 두 명의 등장인물이 있다. 불사조 기사단에 대응하는 주인공은 휠체어를 타고 다니지만 엄청난 심령 능력을 보유한 천재 교수 찰스 자비에르이다. 그는 최초의 돌연변이 중 한 명으로 돌연변이가 치료 받아야만 될 '기형'의 상태가 아니라 유전적으로 완전히 새로운 또 하나의 인류라는 사실을 인식했던 선각자였다. 그는 친절하고 마음이 따뜻하며 강하고 현명하다. 흡사 호그와트의 교장인 덤블도어와 비슷하다. 그는 돌연변이를 두려워하고 증오하는 세상에서 돌연변이 아이들이 직면해야 하는 도전을 알고 있다. 그래서 그는 그들을 위해 '자비에르 영재학교'라는 특수 학교를 운영한다. 이 학교에서 그는 돌연변이 아이들이 자신의 힘을 제어하여 정상적인 삶을 살고 남에게 해를 주지 않도록 하며, 자기 자신을 존중하고 받아들이도록 교육시킨다. 그는 모든 사람이 노력만 한다면 일반인과 돌연변이가 서로 조화를 이루

엑스맨에 등장하는 각종 돌연변이들. 이들은 유전자에 따라 각기 다른 능력들을 소유한다.

며 살 수 있다고 믿는 것이다. 그런데 자비에르 영재 학교는 여러모로 호그와트 마법학교와 닮았다. 아름다운 캠퍼스를 가졌으며 호그와트처럼 은밀하게 감추어져 있어 보통 사람은 그 존재를 알지 못한다(호그와트처럼 일반 세상과 완전히 별 다른 세상에 있지는 않지만). 또한 호그와트가 마법 능력을 가진 사람들에게만 열려 있듯이 자비에 영재학교도 돌연변이만 입학할 수 있다.

자비에르에게 맞서는 인물은 매그니토라고도 알려진 애릭 매그너스 렌세어이다. 매그니토는 아주 지능적이고 교활하다. 그가 가진 특수 능력은 자력(磁力)으로, 철로된 물질은 무엇이든 통제할 수 있다. 사람의 혈류 속에 존재하는 철 분자까지도... 주요 구조물이 모두 철로 이뤄진 현실 세계에서 그의 힘은 거대한 다리를 한 순간에 무너뜨릴 만큼 무시무시하다. 그는 흡사 볼드모트를 닮았다. 한편 그는 홀로코스트 생존자로 아우슈비츠에서 한 인종이 다른 인종에 대해 품은 증오가 대량 학살로 이어지는 모습을 직접 목격하였다. 그는 현재의 세상도 그와 똑 같은 편견에 의해 지배되고 있다고 판단한다. 다수인 보통인간이 소수인 돌연변이들에 대해 가진 편견 말이다. 매그니토 역시 자비에르처럼 돌연변이가 유전적으로 완전히 새로운 신인류라는 것을 깨달은 선각자였지만 유년시절 그가 겪은 끔찍한 기억으로 그 이후의 행보는 자비에르와 판이하게 갈리게 된다. 볼드모트와 그 휘하의 죽음을 먹는 자들이 머글보다 마법사들이 궁극적으로 우월하다고 믿듯이 매그니토는 돌연변이가 보통의 인간보다 우월하다고 본다. 네안데르탈인 이후에 더 우월한 호모 사피엔스가 등장했듯이 돌연변이가 인간 진화의 자연스런 다음 단계라고 믿는 것이다. 따라서 그는 양측간에 전쟁은 불가피하며 돌연변이가 결국 승리할 것이라고 확신한다.

이 두 인물을 중심축으로 각각 불사조 기사단과 죽음을 먹는 자들과 병치되는 두 세력간의 대립과 전쟁이 바로 엑스맨 시리즈의 스토리 라인이다. 해리포터 시리즈와 엑스맨 시리즈는 전혀 다른 배경과 시간, 인물들이 등장하는 이야기지만 그 깊은 내막은 놀랍도록 유사한 주제를 다루고 있는 것이다.

그런데 '유전자'와 '운명'은 어떤 상관관계가 있을까? 유전자로 인해 '순수혈통'으로, '혼혈'로, '스큅'으로, 또 '머글'로 결정되는 세계에서 '운명'이라는 개념이 끼어들 곳이 있을까? 운명과 유전자는 공존할 수 있을까? 바로 이러한 질문들이 해리포터 시리즈의 이야기를 이끌어나가는 또 다른 축이다.

해리포터 시리즈에는 운명 이야기가 많이 등장한다. 해리 포터는 '살아남은 아이(boy who lived)'로 불린다. 그 이유는 그가 볼드모트의 공격을 받고도 살아 남은 유일한 인물로 알려져 있기 때문이다. 해리의 이마에 남아있는 번개모양의 상처가 그것을 증명한다. 마법사들은 이를 운명이라고 믿으며 해리를 '선택 받은 자(chosen one)'로 추앙하고 해리는 볼드모트와 운명적으로 대결을 벌여야만 한다고들 말한다. 그리고 "둘 중 하나는 상대에 의해 죽음을 당한다. 한 쪽이 살면 둘 다 살 수 없기 때문이다(Either must die at the hand of the other, for neither can live while the other survives)."라는 예언도 떠돌기 시작한다. 하지만 정작 해리는 그로 인한 호칭이나 세간의 관심보다는 마법학교 학생으로서의 평범한 삶에 집중하려 한다. 또한 '7월 마지막 날에 태어난 아이가 어둠의 마왕을 물리칠 것이다'라는 예언에 대해서는 자신과 생일이 같은 네빌 롱바텀을 말하는 것이 아니냐며 자신의 운명을 거부하는 모습을 보이기도 한다. 주변상황은 자꾸만 해리가 영웅의 운명을 받아들이도록 부추기지만 해리는 뭔가 미리 정해져 있는 듯한 자신의 미래에 묘한 반발심을 느끼는 것이다.

한편, 호그와트에는 트릴로니 교수가 담당하는 점성술 수업이 있다. 그 수업시간에는 찻잎과 수정 구슬 등 수상한 물건들이 등장하여 다른 수업시간과는 달리 다소 우스꽝스럽게 묘사된다. 담당교수인 트릴로니의 외모도 그렇고 말이다. 학생들은 대부분 그 수업이 멍청하고 시간 낭비라고 생각하며, 특히 다른 수업에는 열성인 헤르미온조차 트릴로니 교수가 사기꾼이고 협잡꾼이며 경멸할 가치조차 없다고 생각한다. 심지어 존경 받고 경륜 있는 마녀이자 그리핀도르의 사감인 맥고나갈 교수도 트릴로니 교수와 마법으로 점을 치는 행위에 대한 멸시를 일부 학생들에게 표현하기도 한다. 이는 그들이 '운명'이라는 것을 '유전자'와 마찬가지로 자신의 노력에 의해 극복될 수 있는 어떤 것이라고 믿는 관점을 보여준다. 특히 자신의 노력으로 머글 출신이라는 편견을 극복해나가고 있는 헤르미온에게는 '운명'이라는 것 또한 극복해야할 대상으로 여겨지는 것이다. 즉 여기서는 '유전자'와 '운명'이라는 개념에는 거의 차이가 없어 보인다.

그런데 우리는 해리포터 시리즈의 처음인 '해리포터와 마법사의 돌'에서부터 등장하는 '분류모자(The Sorting Hat)'에 대해서 주목할 필요가 있다. 매 학년 초, 호그와트의 신입생들이 제일 먼저 하는 일은 한 명씩 앞으로 불려나와 말을 하는 '분류모자'를 쓰는 것이다. 그러면 모자가 자신을 쓴 학생에게 네 기숙사 중 한 곳을 정해준다. 학생들을 네 기숙사로 가르는 분류모자의 가장 절대적인 기준은 아마도 그 학생의 '혈통'인 것 같다. 모자가 다 쓰여지기도 전에 말포이는 자신의 조상 대대로 속해 온 슬리데린으로 분류된다. 론 역시 "또 한 명의 위즐리군."이라는 모자의 말과 함께 그리핀도르로 분류된다. 그런데 해리포터의 경우가 아주 묘하다. 해리포터는 혼혈 가문임에도 훌륭한 마법사 부모를 두었고, 또 그가 볼트모트의 공격에서 유일하게 살아남을 정도로 강력한 마법의 힘을 내재하고 있기 때문일 것이다. 그래서 모자도 망설인다.

"어렵군, 아주 어려워…용기가 넘치고, 나쁜 마음은 없으며, 재능이 보여, 그래, 자신의 존재를 입증하려는 멋진 열망…그런데 너를 어디로 넣지?

그때 해리포터가 중얼거린다.

'슬리데린은 아냐, 슬리데린은 안돼,'

해리포터는 왜 그런 결정을 내렸을까? 본능적으로 슬리데린이 자신과 맞지 않는다는 것을 알아챈 것일까? 아니면 단순히 재수 없어 보이는 말포이를 피하려 한 것일까? 어쨌든 분류모자는 해리포터의 강력한 잠재력을 의식해서인지 슬리데린으로 그를 유혹한다.

"슬리데린은 안 된다고? 확신하나? 넌 위대해질 수 있어, 여기 네 머리 속에 다 있다, 슬리데린에 들어가면 위대해질 수 있어, 그건 의심의 여지가 없지! 싫어?"

모자의 제안에도 불구하고 해리포터는 계속해서 중얼거린다.

'제발 슬리데린은 아냐, 슬리데린은 안돼,'

그러자 모자도 포기한다.

"정 그렇게 확신한다면 이게 좋겠군, 그리핀도르!"

이 장면은 마치 해리포터 시리즈 전체가 압축된 것 같다. 혼혈 가문이면서도 볼드모트와 맞설 만큼 강력한 마법의 힘이 내재되어 있고, 그런 자신의 힘을 입증해 보이고픈 강한 욕망을 가지고 있으면서도 악한 마법에 대한 본능적인 거부감을 가지고 있는 복합적인 해리포터의 운명을 보여주고 있기 때문이다. 이런 복합성이야 말로 해리포터라는 캐릭터를 완성하는 요소이자 이야기를 이끌어 가는 힘이다. 해리포터를 감싼 각각의 운명은 해리포터를 독점하려고 할 것이고 그 속에서 선택권을 가진 것은 오로지 해리포터 자신 뿐이다. 그리고 그의 선택은 또 다른 운명을 만드는 것이다.

이처럼 '운명'이라는 개념은 '유전자'라는 개념보다 더 포괄적이고 다이내믹하다. 만약 해리포터 시리즈가 '유전자'로 정해진 혈통들 간의 대립으로만 이어졌다면 아마도 두 번째 이야기인 '해리포터와 비밀의 방' 쯤에서 해리포터가 볼드모트를 무너뜨리고 호그와트에 평화가 찾아오는 것으로 이야기는 종결되었을 것이다. '유전자'는 선택할 수 없는 운명이기 때문에 그것에 순응하거나 반발하거나, 그 둘 중의 하나가 될 것이기 때문이다. 그러나 해리포터가 분류 모자의 제안을 그대로 받아들이지 않음으로써, 해리포터 시리즈의 세계는 '선택할 수 없는 운명(유전자)'의 개념에서 '선택 할 수 있는 운명'의 개념으로 확장되었다. 그래서 이야기는 훨씬 더 많은 변수를 가지게 되었고 그에 따라 더욱 흥미로워진 것이다.

이제 해리포터가 볼드모트와 대결해야 하는 운명을 받아들일지 말지, 아니 그런 운명이 정말 해리포터에게 있는지 아니면 제3자인 다른 누군가에 있는지도 확신할 수 없는 채로, 이야기는 작가인 조앤 롤링의 머릿속을 채우고 있을 것이다. 또 누가 알겠는가? 그녀의 머릿속에서 해리포터가 강력한 힘에 대한 욕망으로 볼드모트와 결탁하게 될지...

* * *

그런데 작가는 작품 속 등장인물들의 운명을 어떻게 선택하는 것일까? 처음부터 끝까지 작가가 그들의 운명을 좌지우지하는 것일까, 아니면 뭔가 또 다른 창작방법이 있는 것일까? 작가는 자신의 작품 속 세계에서 전지전능한 신이 되는 것일까?

나는 해리포터 시리즈처럼 엄청난 성공을 거둔 작품을 접할 때면 이야기 속의 등장인물들과 작가 사이에 일어났던 교감의 흔적들을 찾으려고 노력하는 편이다. 엄청난 성공의 요인이 그 창조자와 피조물의 소통에 있다고 믿기 때문이다.

나는 미국에서 '에그 스토리(egg story)'란 만화책을 출간한 적이 있다. 달걀을 의인화하여 한 무리의 달걀들이 양계장을 탈출하여 겪는 모험을 그린 만화인데, 원래 원고에서는 등장 달걀 중 하나인 '페더(Feather)'가 마지막에 자살을 하는 것으로 되어 있었다. 하지만 농담이 아니라 정말로 페더의 여동생인 '파이브 스팟(Five Spots)'이 내게 말을 걸어왔다. '오빠가 자살을 계획하고 있다면 자신이 반드시 그걸 먼저 알아차리고 막아낼 거라고...' 순간 나는 파이브 스팟이 페더의 자살을 막는 것이 더 개연성 있고 훌륭한 스토리라는 걸 깨달았다. 그래서 나는 결말을 다시 써서 책을 출간하였다. 그건 분명 나의 머릿속에서 나온 얘기가 아니라 파이브 스팟이 내게 알려 준 것이었다.

조앤 롤링은 어느 날 기차 안에서 갑자기 해리포터에 대한 아이디어가 떠올랐다고 한다. 마치 해리포터라는 소년을 기차에서 우연히 마주치기라고 한 것처럼 말이다. 물론 그녀가 어떤 이야기를 구상하고 있었고 그런 생각에 집중했기 때문에 떠오른 아이디어였겠지만 그녀가 잠겼을 무수한 상념들 속에서 해리포터라는 이름과 얼굴과 성격을 가진 한 남자 아이가 떠올랐다는 것은 어쨌든 무한 속에서 우연히 찾아온 만남이라고 해도 좋을 것이다. 무한이란 아주 거대한 개념이다. 무한에 대한 감을 어느 정도 느끼게 해주는 은유가 있다. 만약 무한한 수의 침팬지가 무한한 수의 타자기에 앉아 있다면, 그리고 원하는 대로 자판을 두드릴 수 있다면, 결국 그 중 한 침팬지는 셰익스피어의 작품을 토씨 하나 틀리지 않고 그대로 타이핑 해 낼 것이라는 것이다.

이런 은유에 따른다면 조앤 롤링은 해리포터를 우연히 만나서 우연히 해리포터 시리즈를 쓰게 된 것이리라... 하지만 조앤 롤링은 무한한 원숭이와 무한한 타자기를 가지고 있지 않다. 따라서 그녀가 잘 설계된 줄거리와 흥미롭고 균형 잡힌 등장인물들을 써내려 가기 위해서 얼마만큼의 노력을 했는지 짐작할 수 있다. 유한이 무한의 성취를 따라가야 했으니 말이다. 그리고 그녀는 수없이 해리포터와 대화했을 것이다. '이런 상황이라면 너는 어떤 선택을 하겠니?' 그녀가 묻고 해리포터는 대답했을 것이다.

문득, 실제 세상에서 신과 인간의 관계도 이러한 것이 아닐까, 하는 생각을 해본다. 신이 우리를 창조한 것이 아니라 신과 우리는 무한한 우주 속에서 우연히 만났고 우리는 유한한 삶을 조금이라고 더 가치 있게 살기 위해 신과 끊임없이 대화를 나누는 중이라고...

Marc's cartoon

*오클러먼시(Occlumency): 해리포터에 나오는 마법의 일종으로 자신의 마음을 읽으려는 외부의 침투를 막기 위한 정신 방어술이다. 이 마법에 능통하게 되면 누구에게도 속마음을 들키지 않는다.

6

한국영화와 햇볕정책

영화 태극기 휘날리며의 한 장면

태극기 휘날리며

민족적인 관점에서 보면 북한은 우리의 형제이다. 하지만 공산
주의자로서의 그들은 우리의 적이다. 한국은 공산화를 절대로
용납하지 않을 것이다. 우리는 북한의 남침을 절대로 용납하지
않을 것이다.[1]

-1998년 김대중

"남들은 내보고 행님 등에 칼을 꽂느니 배신이니 해사도, 그거
다 내 모함한다고 하는 소리다. 내 솔직히 말해서 행님한테 배
신 때릴 생각 눈곱만큼도 없다. 단지 내가 원하는 거는…(중
략)… 좀더 발전적인 방향으로 우리 세계를 이끌어나가야 된다
이긴기라. 원래 건달의 역할이 뭐꼬? 그거는 바로 자신들은 비
록 음지에 살면서도 양지를 더욱 밝고 환하게 해주는 게 건달
아이가? 안 그렇나?"

-친구(2001)

---

1 1998년 6월 9일 미국 PBS 방송국 '뉴스아워' 짐 레어와의 인터뷰에서.

"우리는 모두 형제다." -태극기 휘날리며(2004)

한국에 사는 외국인이라면 한국인 친구, 동료 혹은 이제 막 말문을 트기 시작한 사람이 '나는 일본을 싫어 한다'고 말하는 걸 꼭 한번은 듣게 될 것이다. '정말, 정말 싫어한다'고 말이다.

그런 일을 이미 몇 번 겪어봤다면 나름대로 어떻게 대처해야 할지 방법이 생겼겠지만 처음 겪는 일이라면 충격을 받고 마음이 심란해질 것이다. 정확히 뭐라고 대꾸를 해야 할지 알기 힘들기 때문이다.

처음 만난 한국인이 그런 말을 하는 경우도 있고, 수개월 동안 알고 지내서 우정이 돈독해지고 있는 사람이 그럴 수도 있다. 할아버지에서 여고생까지, 가정주부에서 태권도 강사까지 누구라도 그런 말을 할 수 있다. 그리고 한국이 아닌 외국에서 만난 한국사람과도 그런 대화를 나누게 될 확률이 크다. 한국 사람이라면 누구나 그런 말을 할 가능성이 있는 것이다.

그러고 나서는 아마도 그들은 그럼에도 불구하고 한국과 일본이 서로 좋은 교역 대상국이라든지, 일본과 한국의 배낭여행자들이 외국에서 만나면 다른 나라 사람들보다 더 쉽게 친해진다든지, 어느 나라에나 아주 좋은 사람들이 있듯이 일본인들 중에서도 아주 좋은 사람이 있다는 말을 하면서 분위기를 진정시킬 것이다. 아니면 자신이 일본어를 한다든지 일본 음식이나 일본 만화를 좋아한다고 하기도 할 것이다. 하지만 그 모든 얘기 끝의 결론은 어쨌든, "그렇지만 나는 일본이 진짜 싫어."인 것이다.

나 같은 외국인, 특히 영어권 국가에서 온 외국인은 그런 상황에 놓이면 솔직히 불편하고 어색해진다. 일본이 1910년에서 1945년까지 한국을 식민 통치했다는 사실을 알고 그 기간에 일본이 한국인을 가혹하게 억압하고 착취했다는 것도 알고 있다. 심지어 창씨개명을 강요하고 일본어만 쓰게 했다는 것도 알고 있다. 아마도 대부분의 사람들은 '위안부'에 대해서도 들어봤을 것이다. 그리고 역사에 좀더 관심이 있는 사람이라면 일본이 그 때 처음 한국을 침략한 것이 아니라는 것도 알 것이고, 만약 천안에 있는 독립기념관에 가 봤다면 일본의 35년 식민통치가 얼마나 잔인하고 끔찍했는지도 생생히 느껴봤을 것이다. 호주인인 나는 일본이 내 나라도 침범했다고 말할 수 있다. 2차 세계대전 때 일본은 몇몇 호주 북부 마을에 폭탄을 투하하고 시드니 하버에서 잠수함 공격을 했다.

하지만 그래도 한국인 친구가 일본에 대해 얘기하면 불편하고 어색한 느낌이 든다. 우리는 한국 친구가 일본을 싫어한다고 할 때, 할 말이 없다. 일본이 우리 나라도 아니고 우리가 한국인의 감정을 똑 같이 느낄 수도 없기 때문이다. 마치 남자가 임신에 대해 이야기하려 애쓰는 꼴이랄까? 그런데 그 불편하고 어색함의 가장 큰 원인은 무엇보다도 "난 일본이 싫어."라는 말은 "난 유태인이 싫어."라는 말과 비슷하게 들리기 때문이다. 우리는 누군가가 어느한 인종을 통째로 증오한다는 말을 할 때마다 소름이 끼친다. 왜냐하면 우리는 그렇게 교육받았기 때문이다. 역사를 통틀어 사람이 사람에게 행한 악행들은 셀 수 없이 많지만 서양인들에게는 나치가 유대인에게 행한 홀로코스트만큼 극악무도한 사건은 없다고 인식된다. 그것이 전세계에 은밀하게 깔린 유태인의 영향력 때문인지는 몰라도, 우리는 그렇게 교육 받았고 또 그런 가치관을 가지고 살아왔다. 예를 들어 스탈린 때문에 죽은 사람의 수가 히틀러 때문에 죽은 사람의 수보다 많지만 이데올로기 때문에 사람을 죽인 스탈린보다 인종 때문에 사람을 죽인 히틀러의 범죄가 훨씬 더 죄악시되는 가치관을 가지고 있는 것이다.

그런데 자신이 무심코 던진 "나는 일본이 싫어."라는 말이 영어권 외국인에게 그런 식으로 받아진다는 것을 정확히 아는 한국인은 드문 것 같다. 나 같은 외국인도 한국인에게 대놓고 그런 얘기를 하지는 않지만, 그 말을 하기 전까지만 해도 멋지고 배려심 있고 재미있던 한국 친구가 갑자기 인종주의자처럼 느껴지는 것은 거의 본능적인 감정이다. 그러고는 조금은 화도 난다. 이렇게 생각하는 것이다. '왜 그런 말을 꺼내는 거야? 무슨 권리로 나를 불편하게 만드는 거야? 내가 인종주의를 혐오한다고 하면, 그건 네가 한국인이 아니라 일본이 얼마나 나쁜지 잘 몰라서 그

런다고 하겠지?'

　앞서 언급했듯, 이런 상황에 몇 번 처하게 되면 나름대로 어떻게 해야 할지 노하우가 생길 것이다. 나의 경우에는 별로 잘 알지도 못하는 사람이 그런 얘기를 꺼내려 한다면 도망쳐 버린다. 그리고 그에게 전화번호를 주지 않은 것을 하느님께 감사한다. 한번은 처음 만난 한국 남자가 자신이 일본을 증오하고 히틀러를 존경하며 포르노에 빠져 있고 기독교인이라고 거의 단숨에 말한 적이 있다. 찬미예수! 나는 그에게 전화번호를 알려주지 않았다. 세상 어디든 피하는 게 상책인 사이코가 존재하는 것 같다. 히틀러를 존경하면 존경했지 기독교인인 건 또 뭐람?

　조금 더 잘 아는 사람이라면 "아, 일본 말이군!"하고 얼버무리고는 쇼핑이든 영화든 축구든, 다른 주제로 대화를 바꾸면 된다. 그런데 대화의 분위기가 너무 진지해서 가벼운 주제로 넘어가는 것이 쉽지 않다면 최선의 선택은 아니지만 '북한'으로 대화를 이끄는 것도 고려해볼 만 하다. 한국인과의 대화에서 '북한'이라는 주제가 '일본'이라는 주제보다 훨씬 가볍다고 말하려는 것은 결코 아니다. '북한'이라는 주제로 이야기한다면 적어도 인종주의 색채는 배제시킬 수 있기 때문이다. 한국은 하나의 큰 대가족이다. 이러한 사실은 외국인이 한국어 호칭을 배울 때 가장 명백하게 인식된다. 나이의 차만 고려해서 누구에게나 쓰이는 '형, 오빠, 누나, 언니(brother, sister)' 같은 호칭이나 '아줌마, 아저씨(aunt, uncle)'라는 호칭은 영어권에서는 정말로 실제 가족 관계가 아니면 쓰이지 않기 때문이다. 북한 역시 이 가족에 포함된다. 지금은 분단되어 있지만 언젠가는 함께 모여 살아야 할 한 민족, 한 가족이라는 것이 대다수 한국인의 인식이다. 한국전쟁이라는 끔찍한 사건도 이데올로기로 인해 일어난 것이지 인종 때문에 일어난 것은 아니다. 아니 이데올로기 외에 여러 다른 복합적인 원인이 있었더라도 그 원인 중에 인종문제는 없었다는 점은 확실하다. 그러나 이 '북한'이라는 대화 주제 역시 녹록치 않다.

사실 한국하면 가장 먼저 떠오르는 것은 분단국가라는 것이다. 내가 한국에 오려 했을 때 가장 먼저 고려한 점도 정전상태인 한국에서 전쟁이 일어날 가능성이 있느냐 없느냐 하는 것이었다. 나 같은 한 개인도 그런 고려를 하는데 외국 투자자들이 북한의 동향에 신경을 쓰며 한국에 대한 투자계획을 세우고 북한의 움직임에 따라 한국의 국가 신용도를 조정하는 것은 어쩌면 당연한 일일 것이다.

내가 한국행을 생각하게 된 것은 김대중 정부의 '햇볕정책(Sunshine Policy)' 때문이었고 결정적으로 2000년 확정된 김대중과 김정일의 남북정상회담 소식이 나를 한국으로 출발하게 만들었다. 정상회담만큼 전쟁의 위험성을 완화시켜주는 게 또 어딨단 말인가! 그만큼 분단국가라는 한국의 현실과 최근의 핵문제로 더욱 알려진 북한의 도발적인 국가 성향은 여행이든, 공부든, 사업이든 간에 외국인의 한국에 대한 여러 고려 사항 중 최상위의 것이다. 따라서 해외에 내놓은 한국의 여러 가지 문화상품 속에서 외국인들이 먼저 살펴보게 되는 것은 자신이 가장 잘 아는 부분인 분단 현실에 대한 것이다. 그것이 정치문제를 다룬 진지한 영화나 드라마, 혹은 소설이 아니라 가벼운 연예이야기거나 심지어 판타지라도 외국인들은 본능적으로 그 속에서 분단현실과 북한의 흔적을 찾게 된다. 그것은 마치 브라질 영화를 보며 축구에 대한 이미지를 먼저 찾아보는 것과 흡사할 것이다. 예를 들면 한국의 조폭영화에서 '조폭'은 외국인에게 북한에 대한 은유로 읽힌다. 그 영화를 만든 감독에게는 애초에 그런 의도가 단 1%도 없었다 할지라도 한국문화를 깊게 알지 못하는 외부의 시각에서는 그렇게 보인다는 것이다.

그런 점에서 강제규 감독의 '쉬리'는 한국영화가 국제무대로 발을 내딛을 때 택할 수 있는 아주 적절한 선택이었다. 실제로도 '쉬리'는 국내외적으로 흥행에 성공하며 지금까지 지속되고 있는 한국 영화의 황금기의 시초가 되었다. 이 영화가 개봉된 시기는 한국 내에서도, 1998년에 취임한 김대중 대통령이 햇볕정책을 펴며 이산가족 상봉과 제한적인 관광 등 실질적인 남북한 교류가 성과를 거두고, 김대중 대통령이 국제적 명성과 함께 노벨 평화상을 받는 등 북한과 통일이라는 주제가 다시 한번 뉴스와 사람들의 머리 속에서 중요하게 떠오르던 시기였다.

'쉬리'는 사랑스럽고 실수투성이 '이명현'과 무자비하고 철두철미한 살인기계 '이방희(김윤진 분)'라는 두 개의 인격을 보여주는 여자를 주인공으로 한 액션 영화다. 영화의 배경은 영화 개봉 당시의 현실과 흡사하다. 남북은 화해의 길을 걸으며 금방이라도 통일이 될 것 같은 분위기이다. 그러나 그런 화해무드에 불만을 품은 세력도 있다. 이방희는 그런 북한의 과격세력이 남파한 간첩으로, '이명현'이라는 신분은 한국의 국가 정보요원 유중원(한석규 분)을 속이기 위한 위장된 신분이다. 유중원은 그 사실을 까맣게 모른 채 이방희를 사랑하고 약혼까지 한다. 유중원의 임무 중 하나가 바로 이방희를 찾는 것이었음에도 말이다. 영화의 마지막 부분에서 유중원은 정보요원으로서 어떻게 그런 사실을 눈치 채지 못했냐는 질책에 그녀의 이중성을 '히드라'에 빗대서 표현한다. 전혀 다른 두 개의 인격이 한 몸에 존재하는 그 신화 속의 괴물은, 한국이 북한을 보는 묘한 감정을 적절히 상징하고 있다. 어떨 때는 사악하고 공격적이기만 한 세력으로, 또 어떨 때는 언젠간 하나가 되어야 할 나의 형제로 인식되는 북한 말이다.

이방희는 결국 임무를 부여 받는다. 남북한 통일기원 축구대회가 열리는 경기장을 폭파하는 것이다. 임무를 수행하려는 이방희와 뒤늦게 그녀의 정체를 깨닫고 저지하려는 유중원이 서로의 머리에 총을 겨눈 장면에서 영화는 그 감정의 절정에 치닫는다. 액션물로서는 꽤나 우아하게 묘사된 이 장면은 햇볕정책 초기의 복잡하고 답답한 남북 관계에 대한 기가막힌 은유였다. 그들은 그냥 총을 내려놓고 입을 맞출 수도 있을 것이다. 명현과 중원은 서로 치명적인 비밀을 숨기며 서로를 기만했지만 여전히 서로에 대한 애정이 남아있다. 그건 이방희가 유중원에게 남긴 마지막 메시지에서도 확인할 수 있다. 과거가 그들의 앞길을 막지만 않는다면, 서로 용서할 수만 있다면 그들은 결혼도 하고 아이도 낳을 수 있을 것이다. 하지만 서로간에 입힌 상처는 아직도 생생하고 불신의 골 또한 깊다. 당장은 서로에게 총을 겨눌 수밖에 없는 상황이고 또 누가 먼저 방아쇠를 당길지도 알 수 없다. 마찬가지로 남북한 간에는 여전히 한국전쟁의 상처가 남아있고 그 뒤 수십 년간 지속된 불신의 골은 깊기만 하다. 그 모든 것을 극복하고 남북은 화해와 통일의 길을 갈 수 있을까? 영화는 결국 유중원이 이방희를 죽이는 것으로 끝맺음을 하지만 두 남녀의 관계로 축약된 남북간의 복잡다단한 관계는 여전히 현재진행형이다.

나는 북한에 대한 이런 한국인의 복합적인 감정을 자주 경험했다. 특히 2006년 시드니에서 학교입학 문제로 내게 상담을 받은 한국인 학생들 둘과의 대화가 무척 인상 깊었다. 잭과 데이빗이라는 영어 이름으로만 기억하고 있는 두 학생은 26개월간의 군 복무를 마치고 배낭여행을 다니며 앞으로의 진로를 고민하고 있던 대학생들이었다. 그들은 그들의 구세대만큼 북한이 자신들과 한 형제이며 언젠가는 통일이 되어야 한다는 의식을 가지고 있지 않다고 했다. 오히려 그들은 통일을 하려면 엄청난 비용이 들고 대대적인 사회 지각변동으로 한국의 부와 국제 사회에서의 지위가 손상될 것이며, 그 여파는 수십 년간 지속될 것이라는 아주 현실적인 의견을 가지고 있었다. 그리고 그들은 자신들이 의무적으로 군복무를 한 이유가 북한의 존재에 있음에도 불구하고 북한을 그다지 위협적인 존재로 느끼지도 않고 있었고, 2006년에 긴박하게 보였던 북한의 핵무기 개발에 대해서도 그다지 크게 신경 쓰지 않는 모습이었다. 오히려 그들은 국제외교에서 북한이 미국에 꿀리지 않고 당당하게 자신들의 의사를 관철시키는 것에 대해서는 이례적으로 '같은 민족'이라는 말을 쓰며 일종의 자긍심을 느끼는 것 같았다. 나는 그들의 말이 옳은지 그른지, 타당한지 부당한지 판단하기에 앞서서, 한국인이 북한에게 느끼는 감정이 얼마나 복잡한 것인지를 깨달을 수 있었다. 한국의 젊은 세대들이 기존세대들만큼 북한에 대한 유대감이 없다고 하더라도 그들 역시 은연 중에 북한 동포에 대한 묘한 형제적 자부심이 있는 것이다. 그것은 이성이나 현실의 끈이 아니라 아마도 핏줄이라는 끈으로 한반도가 연결되어 있기 때문일 것이다.

'쉬리'는 그런 둘 사이의 복잡한 관계가 은유적으로 잘 표현된 영화였고 아마도 그것이 여러 화려한 액션 씬보다

이 영화를 흥행으로 이끈 원인이었을 것이다.

한편, 나는 한국의 조폭에 관한 시각도 복잡미묘하다는 것을 느낀다. 1910년에서 1945년까지의 일본 식민통치 기간 동안 한국에는 많은 독립투사들이 있었다. 일부는 공산주의자로 중국과 소련의 도움을 받은 세력이었고 또 일부는 미국의 지원을 받는 자유진영 세력이었다. 그런데 일본에 대항한 제3의 세력도 있었다. 바로 조폭이다. 그런 세력들의 무용담을 그린 대표적인 영화가 바로 임권택 감독의 '장군의 아들'이다. 그들이 깡패이자 범죄자인 것은 분명하지만, 그들은 나름의 신사도를 가지고 당당하게 싸우며 일본에 핍박 당하는 민중들의 보디가드 역할도 하는 낭만적인 건달의 모습이다. 그래서 그럴까? 김두한 시절과는 그 성격면에서 많이 동떨어져 있음에도 조폭을 의리있고 인정 많은 친숙한 사람으로 등장시키는 한국영화가 많다. 특히 김대중 정권 동안 황금기를 맞은 한국영화계에서 쏟아낸 작품들 중 대부분은 조폭 영화였다. 그렇게 남북한의 화해분위기가 한창 무르익었던 그 시절에 조폭영화는 부흥기를 맞았고, 또 햇볕정책의 흥망과 조폭 영화의 쇠락은 함께 움직였다. 이것은 우연이었을까?

앞서 얘기했지만 실제로 의도되었든 전혀 그렇지 않든 간에, 한국 영화 속의 조폭은 북한에 대한 은유로 읽히기 쉽다. 전 미국무부 동아태 자문관 데이빗 애셔는 2005년 12월에 자유아시아방송(Radio Free Asia)과의 인터뷰에서 북한을 국제 헤로인 밀매와 돈세탁의 근거지로 지목하며 'soprano state'라고 지칭했다. '소프라노(soprano)'는 마피아를 주인공으로 한 미국 TV 드라마 '소프라노스(The Sopranos)'에서 따온 것으로 한국말로 하면 '조폭국가'로 해석될 수 있을 것이다. 나는 이런 여러 가지 근거로 애증이 교차하는 북한에 대한 한국인의 시각과, 또한 애증이 교차하는 조폭에 대한 시각이 아주 유사하다는 점을 밝히려고 한다. 타당한지 아닌지는 독자 여러분의 판단에 맡긴다.

* * *

곽경택 감독의 '친구'(2001)는 아마도 햇볕정책 당시 제작됐던 수많은 조폭 영화들 중 가장 성공한 작품일 것이다. 개봉 당시 '친구'는 엄청난 인기를 누리며 단숨에 '쉬리'를 제치고 사상 최대 관객을 동원한 한국 영화가 되었다. 이 영화에는 네 친구가 등장한다. 그리고 그들이 부산에서 초등학교를 다니던 70년대부터 시작하여 고등학교 시절을 함께 보내고 각자의 삶을 살다가 성인이 되어 다시 만나는 90년대까지의 연대기가 스크린에 펼쳐진다. 아버지가 건달인 준석은 넷 중 가장 카리스가가 있으며 대장노릇을 한다. 동수의 아버지는 장의사인데 동수는 이 사실을 부끄러워하며 열등의식을 느낀다. 중호는 재미있게 생긴 익살꾼으로 극을 이끄는 감초 같은 역할을 하며 상택은 순진한 모범생으로, 그의 나레이션으로 영화는 진행된다.

영화가 시작되는 1976년에 넷은 절친한 친구다. 부산 시내의 이곳 저곳을 돌아다니며 말썽을 피우며 돌아다니는 그들의 관심사는 수영과 싸움, 장난감 무기, 새로운 전자제품, 여자의 나체 사진 등으로 다른 또래들과 다를 게 없다. 한 장면에서 그들은 선창가를 거니는데 대화의 주제가 북한으로 넘어간다.

"어째서? 그럼 지금 당장 전쟁 하지 뭐때메 안하노? 니는 테레비에 나오는 통계 같은 거 안 봤나? 우리 나라가 숫자는 적어도 훨씬 신식 무기를 가졌다 아이가."

"아, 빙시야! 그거는 박 대통령이 그렇게 시키니까 그런 거지! 니 북한 특공대들이 얼마나 싸움 잘하는지 아나? 그라고 소련에서 얼마나 무기를 많이 주는데."

"우리는? 우리도 미국에서 무기 마이 줬다 아이가."

"누가 그라데?"

그 나이 또래의 네 소년이 할 만한 꽤나 전형적인 대화이고 그냥 스치듯 지나가는 장면이었지만 내게는 이 장면이 아주 인상 깊었다. 그 이유는 첫째, 그 장면이 네 소년 같은 이들에게 북한은 적이면서도 경외의 대상이라는 걸 보여주기 때문이다. 또래끼리의 서열 다툼에 관심을 두는 그들에게 북한 전사의 기술은 경탄의 대상이다. 둘째, 그들의 대화를 통해 유령처럼 그들 주위를 떠도는 전쟁과 폭력, 그리고 파괴의 위협을 느낄 수 있기 때문이다. 이 소년들은 매일매일 직간접적으로 그런 폭력의 유령에 영향을 받으며 살고 있다. 그걸 확인이라도 시켜주는 듯 북한에 대한 그들의 대화가 끝나갈 무렵 의미심장한 장면이 이어진다. 영화에서 처음으로 조폭이 등장하는 것이다. 준석 아버지의 부하인 '상곤'이 멋진 차를 타고 그들 앞에 멈춰선다. 상곤은 나중에 준석의 아버지를 배신하고 새로운 조폭세력을 형성하는 인물이다. 그리고 준석과 동수의 사이를 갈라놓는 데 결정적인 역할을 하는 인물로, 그의 등장은 이들 친구들 사이에 벌어질 폭력과 배신의 슬픈 운명을 암시하는 듯하다.

그리고 영화는 1981년으로 간다. 네 소년은 이제 함께 고등학교에 다닌다. 그러나 그들이 서로 다른 중학교에 다니는 동안 이미 많은 변화가 있었다. 상택과 중호는 여전히 평범한 학생의 모습이지만 준석과 동수는 같은 중학교를 다니며 이미 조폭과 다름 없이 1인자, 2인자로 서열이 구분된 싸움꾼으로 변해있던 것이다. 네 친구가 둘로 나뉜 모습은 해방기의 소용돌이 속에서 남북으로 나뉜 한반도의 모습을 닮아 있다. 질풍노도의 시기에 서로 다른 운명의 소용돌이 속으로 네 친구의 운명이 갈리어졌듯이 남과 북도 극도로 혼란한 시기를 함께 넘기지 못하고 완전히 다른 길을 가게 된 것이다. 그들은 아직 어렸고 변할 수 있는 여지도 있었지만 네 친구가 다니는 고등학교 역시 폭력에 물들어있기는 마찬가지다. 그들을 폭력의 구렁텅이에서

구원해 줄 희망은 그 어디에도 없었다. 나의 한국 친구들은 영화 '친구' 속에 등장하는 선생의 체벌 장면 정도는 그들이 어렸을 때 다니던 학교에서도 다반사였다고 말했지만 그런 경험이 없는 나로서는 그런 폭력적인 학교 분위기가 동수와 준석을 구원할 수 있는 마지막 기회까지 날려버린 게 아닌가 싶었다. 마치 제2차 세계 대전부터 한국전쟁에 이르기까지 이어졌던 세계사의 폭력 속에서 남북이 분단되었듯이 말이다.

1984년에 그들의 학창시절은 끝난다. 상택과 중호는 군대와 대학이라는 정상적인 다음 단계로 넘어가지만 동수는 교도소로 또 준석은 마약 중독자가 되어 부인에게 폭언을 일삼는 구제불능의 폐인이 되었다. 더구나 준석의 아버지는 조직원들의 배신 속에서, 죽음을 앞두고 있는 몰락 직전의 상황이다. 이런 상황은 김일성 사망 이후 북한의 극적인 붕괴를 반영하는 듯하다. 북한은 70년대와 80년대에는 어느 정도 번영을 지속했지만 1994년 김일성이 사후에 몇 년 동안이나 지속된 기근과 홍수, 경제 실정으로 최대의 위기를 맞게된 것이다. 현재 북한이 스스로 '고난의 행군'이라고 부르는 그 기간 동안 수십 만 명이 죽었고 북한은 거의 붕괴되는 듯했다. 아마도 준석 역시 죽게 놔둬야 했을지도 모른다. 그는 끔찍하고 비참한 남자였다. 하지만 친구는 친구를 버리지 않는다. 형제는 형제를 버리지 않는다. 아무리 끔찍한 친구이고 형제여도 말이다. 김대중은 북한이 가장 힘들 때 북한을 버리지 않았다. 중호와 상택은 준석을 찾아오고, 상택은 최선을 다해 준석을 돕는다. 북한과 마찬가지로 준석도 다시 살아난다. 그는 아버지가 이끌던 범죄 조직의 새로운 보스가 된다.

영화가 준석과 동수의 갈등으로 초점을 맞춤에 따라 상택과 중호 대 준석과 동수로 나뉘던 이분법은 준석 대 동수로 옮겨간다. 동수는 준석 아버지의 시신을 염해준다. 이는 동수와 준석이 친구를 넘어 형제와도 같은 관계였음을 강조해준다. 그러나 아이러니하게도 이런 진한 우정이 확인되는 날, 동수는 준석이 이끄는 조직과 대립하고 있는 '상곤파'로 감으로써 준석과 영영 멀어지고 만다. 동수가 준석에게 이별을 고하고 어두운 골목 속으로 그 모습을 완전히 숨기는 장면은 무척 인상적이다. 그 뒤로 동수는 준석에게 다시는 호의적인 태도를 보여주지 않는다.

동수가 몸담은 '상곤파'는 아이들에게까지 마약을 파는 비도덕적인 조직으로 묘사된다. 준석은 그런 이유로 상곤파를 혐오한다. 과거 일본 세력으로부터 조선상인들을 보호해주던 김두한 시절의 낭만적인 건달을 꿈꾸는 준석에게 그건 조폭이라 해도 너무 악한 행위라고 생각하는 것이다. 이는 북한의 마약 거래 의혹과 어린 아이들까지 굶어 죽게 하고 고문하는 그들의 비인간성을 비꼬는 듯한 대목이다. '상곤파'가 앞뒤 가릴 것 없이 자기 먹고 살자고 비인간적인 일까지 서슴지 않는 북한이라면 준석이 이끄는 조직은 같은 조폭이긴 하지만 그래도 인권과 자유라는 장식물을 버리지 않는, 북한의 대척점에 선 세력으로 생각할 수 있을 것이다.

결국 동수와 준석의 조직 간에 살육전쟁이 벌어진다. 솔직히 내게는 그 장면들이 혼란스러웠다. 남북한의 경우가 그렇듯, 이 시점에서 그들이 무엇을 놓고 싸우는지는 거의 중요치 않다. 관객들은 어린 시절의 두 친구가 도대체 어쩌다가 서로를 이렇게 미워하게 된 것인지 의아해할 뿐이다. 정말 둘이 다시 친구가 될 수 없을 정도로 그렇게 상황이 나쁜 것일까? 남북한 간에 일어난 일이 너무 끔찍해서 이제는 서로 친구나 형제로 대화할 수 없을 정도가 된 것일까? 불신의 벽이 그렇게 높은 것일까? 이 문제를 해결하기가 정말 불가능한 걸까? 다시 예전처럼 될 수는 없는 걸까?

그렇다. 현실에서처럼 영화에서도 문제 해결은 불가능해 보인다. 동수와 준석이 나눈 마지막 대화는 차분하면서도 단호하게 이뤄진다. 누군가 한 명은 하와이로 가야 하는, 즉 더 이상 둘이 같은 땅에 존재할 수 없는 그 상황에서 언성을 높이며 서로를 설득할 필요는 없다. 어쩌면 문제는 해결됐다. 누군가 한 명이 죽으면 되는 것이다. 그렇게 더 이상 서로를 받아들이려 하지 않는 상태에서 벌어지는 싸움은 참혹하다. 그 참혹함은 동수에게 꽂힌 30번이 넘는 칼질이 대변해준다.

영화는 순수한 소년 시절 네 친구가 바다에서 노는, 향수를 자극하는 장면으로 끝맺는다. 정말 가슴 아픈 장면이 아닐 수 없다. 그들을 보면서 우리는 그들이 친구로 남아 있을 수 있었고 그랬어야 했지만 그렇지 못했다는 것을 알기 때문이다. 남북한도 그렇게 하나이던 시절이 분명히 있었다. 생각해보면 그리 오래 전도 아니다. 그러나 둘 사이의 반목의 골은 깊고 그것이 깊어지면 깊어질수록 동수와 준석이 그랬듯이 참혹한 결과를 피할 수는 없을 것이다. 동수와 준석처럼 둘 간의 소통이 완전히 차단되기 전에 남북은 서로 언성을 높이기도 하면서 대화하고 타협하면서 그 감정의 골을 메워나가야 하는 것이다.

지금까지 살펴 본 영화가 간접적인 방식으로 남북간의 대립을 보여줬다면 '태극기 휘날리며'는 직접적으로 그 문제를 다루고 있다. 바로 한국전쟁에 대한 리얼한 묘사이기 때문이다. 그래서 나는 내 외국인 친구들에게 이 영화를 권해주곤 한다. 한국과 북한에 대해서 알고 싶으면 먼저 이 영화를 보라고 말이다. 이 영화의 영문제목은 'Brotherhood(형제애)'였다. 나는 이 제목이 한글제목보다 훨씬 더 영화의 내용에 부합된다고 생각한다. 영화가 진태, 진석 두 형제의 형제애를 바탕으로 진행되기도 하려니와, 더 포괄적으로 하나의 핏줄로 연결된 남북한의 형제애가 어떻게 손상되었고, 또 어떻게 회복될 수 있는지에 대한 해답까지 보여주기 때문이다.

1950년 서울, 진석, 진태 두 형제는 가족들과 함께 살고 있다. 인생은 단순하고 좋았다. 진석은 똑똑하고 공부를 좋아하여 대학 진학을 꿈꾼다. 형 진태는 그런 동생을 전적으로 후원한다. 진석이 대학에 가는 것이 온 가족에게 좋은 일이라는 것을 알고 있기 때문이다. 진태에게 가족은 무엇과도 바꿀 수 없는 가치이다. 그런 가족의 중요성은 돌아가신 아버지에게 온 가족이 제를 올리는 데서 경건하고 위엄 있게 묘사된다.

하지만 한국 전쟁이 발발하고 집집마다 남자가 한 명씩 군대에 징집된다. 실수로 진석이 징집되고 진태가 사태를 바로잡으러 가지만 시비가 붙고 진태 역시 강제로 입대하게 된다.

"그럼, 우리 엄니는 어쩌고? 댁이 뫼실 거요?"

진태는 자신과 진석을 모두 징발하는 군 장교를 비난한다. 또 다른 입대자 용만 역시 동조한다.

"아니 한 집에서 한 명만 차출해야 되는 거 아냐? 둘 다 뒤지면 제사는 누가 지내주나? 나라에서 지내주나?"

한국전쟁은 이처럼 무엇보다도 가족을 갈가리 찢어 놓는 전쟁이었다. 가족을 유지시켜줄 최소한의 배려도 존재할 수 없는 광기의 전쟁, 그것이 한국전쟁이었던 것이다. 그것은 북한의 주민들에게도 예외는 아니었다. 더 나아가 한국전쟁은 보다 큰 개념의 가족에 대한 공격이었다. 한 장면에서 진석은 북한군 한 명과 육탄전을 벌이고 그 북한군을 제압한다. 그러자 그 북한군은 외친다.

"살려 주시라요! 저 이제 열 다섯 살입네다! 형, 저 이제 중학교 이학년입네다, 제발 살려 주시라요, 형, 제발."

여기서 '형'이라는 말을 정확히 옮길 수 있는 영어 단어는 없다. 그래서 이 장면의 영어 자막에서는 아예 '형'이라는 말은 번역에서 제외되었다. 그것은 여기서 등장한 '형'이라는 말의 의미와 느낌을 간명하게 전달하기가 쉽지 않았기 때문일 것이다. 그렇지만 나는 이렇게 '형'이라는 말이 자연스럽게 쓰이는 한반도의 문화와 역사를 이해할 수 있어야만 남북문제의 진정한 본질을 이해할 수 있다고 생각한다.

진석은 동정심에 그를 살려 주려 하지만, 곧 그 북한군이 진석을 죽이려 달려든다. 형제애가 파괴되는 순간이다. 이런 한반도의 형제애가 서로에 대한 배신으로 상처입고 돌이킬 수 없을 정도로 무너지는 장면은 영화 곳곳에 등장한다.

진태의 부대에 진태 형제의 오랜 친구 용석이 포로로 잡히게 된다. 용석은 강제로 의용군에 끌려와 북한군이 된 터였다. 진태는 즉시 용석을 처형할 것을 명령하고, 진석은 형이 이렇게 냉정할 수 있다는 것을 믿지 못하며 강력히 저항한다. 하지만 결국 나중에 용석은 처형당한다. 진석은 말한다.

"어떻게 용석이를…"

진태는 전쟁의 광기 속에서 이미 동족이 가족이라는 느낌을 잃어버린 것이다. 한편 용석이 처형되고 있을 때, 진태의 약혼녀인 영신이 '반공청년단'에 의해 끌려가는 장면이 이어진다. 영신은 공산당 집회에 참석한 적이 있다. 하지만 공산주의에 관심이 있어서가 아니라 공짜로 쌀을 나눠줬기 때문이었다. "그럼 굶어 죽어요? 배급쌀이라도 타 먹어야 살지. 나라에서 우리한테 쌀 줬어? 우리가 무슨 잘못이야?" 그녀는 울부짖는다. 하지만 진태가 용석을 처형했듯 그녀를 즉석에서 처형할 준비가 된 반공청년단은 전혀 개의치 않는다. 진태는 영신을 구하려 애쓴다. 반공청년단이 영신을 처형하려는 이유가 자신이 용석을 처형했던 이유와 거의 동일하다는 끔찍한 유사성을 진태가 인식했는지는 분명치 않지만, 그것은 너무나 분명한 사실이다.

진태는 점점 전쟁광으로 돌변해 간다. 그리고 남북의 형제적 유대가 전쟁으로 해체되어 가듯이 진태와 진석의 형제 관계도 해체될 위기를 맞는다. 진태에게 전투는 동생을 제대시켜 가족의 품으로 돌려 보낼 수 있는 훈장을 따기 위한 수단일 뿐이었지만, 진태는 점점 전쟁의 광기에 사로잡혀 전쟁 그 자체를 즐기게 되어버린 것이다. 그는 무감각해지고 인간성을 잃은 전쟁 기계로 변한다. 그리고 가족을 중시하던 마음도 잃어버린 듯 한다. 진태는 더 이상 가족에게도 편지를 쓰지 않는다. 그런 형이 진석은 낯설기만 하다.

"오늘 형 보면서 되게 낯설게 느껴졌어."

영화 후반부에 진태는 북한군에게 잡혀 북한군으로 싸우게 된다. 그는 뛰어난 전사이자 북한의 정예부대인 '깃발부대' 부대장으로 모두가 두려워하는 인물이 되었다. 진석은 형이 있는 곳을 알고는 목숨을 걸고 형을 데려오러 간다. 형제가 전장에서 만났을 때, 진태는 거의 짐승으로 변해 있었다. 완전히 타락하고 인간성을 잃은 진태에게 더이상 어느 편에서 싸우는지는 중요하지 않다. 이제 진태에게 중요한 것은 오직 싸움 그 자체인 것이다. 그런 진태는 다시 만난 동생조차 알아보지 못하고, 입에는 거품을 물고 눈이 뒤집힌 채로 미친 늑대처럼 진석을 공격한다. 진석은 무슨 일이 있어도 가족을 포기할 수 없다는 마음으로 형에게 애원을 한다. 그에게 가족보다 중요한 건 없기 때문이다. "나야 진석이! 형 동생 진석이라구!" 진석은 울부짖는다. 그러나 총성과 포성만이 그들을 둘러싼다. 더 이상 희망이 없다고 생각하는 바로 그 순간 마침내 진태의 눈에 인간적인 빛이 돌아오고 동생을 알아본다. 그는 애초의 목적대로 자신을 희생하여 동생을 그 지옥 같은 전쟁터에서 탈출시킨다. 형제애의 회복, 그것이 모든 문제의 해결점이 었던 것이다. 그것은 진태, 진석 형제 뿐만 아니라 남북간에도 해당되는 해결책이다. 전쟁이라는 끔찍한 현실 속에서 형제애는 철저하게 파괴되었고 그것을 회복하는 것은 기적과도 같은 일이지만, 결국 해결책은 그 것밖에 없는 것이다.

여기서 한 가지 흥미로운 사실은 '태극기 휘날리며'의 진태 역과 '친구'의 동수 역을 맡은 배우가 동일 인물이라는 것이다. 물론 장동건이라는 배우가 워낙 인기가 있다보니 우연히 겹쳐진 캐스팅이겠지만 '친구'를 남북 관계에 대한 은유로 읽은 나에게는, 그가 맡은 두 명의 캐릭터 사이의 유사성을 생각하게끔 하는 요소가 된다. 두 영화에서 마지막에 희생된 진태와 동수는 모두 우정이나 형제애라고 말 할 수 있는 감정들에서 소외된 채 스스로를 파괴하는 인물들이다. 물론 진태는 마지막 순간 그런 감정을 되찾았지만 비극적인 최후를 맞는 건 동수와 마찬가지이다.

그런데 '친구'의 곽경택 감독은 '태풍'이란 영화에서 장동건을 또 한번 그런 비극적인 상황으로 몰아 넣는다. 이번엔 탈북자 '씬'이라는 캐릭터로 말이다. 우연이 우연 같지 않은 대목이다.

한국 사회와 문화는 서양과는 다른 관계로 규정된다. 즉 한국에서는 개인이 아닌 가족을 사회의 가장 중요한 단위로 생각한다는 것이다. 그리고 한국은 스스로를 하나의 큰 가족으로 보는 경향이 있다. 특히 햇볕정책은 과거에도 지금도 북한을 단순히 적이나 불량국가, 다른 나라로 보는 대신 도움과 지도가 필요한, 나쁜 길로 빠진 형제로 인식함으로써 북한과의 갈등을 치유하려는 진심 어린 시도이다. 그런 햇볕정책이 강한 빛을 내뿜고 있었기 때문에 '쉬리', '친구', '태극기 휘날리며' 등의 영화가 제작되었고 또 많은 사람들의 공감을 얻으며 흥행할 수 있었을 것이다.

그러나 지금은 북한의 계속적인 호전적 태도와 핵무기 개발로, 햇볕정책은 예전만큼 지지를 얻지 못하고 있다. 그에 따라 한국에서 남북의 문제를 다룬 영화는 거의 제작되고 있지 않는 것 같다. 나로서는 아쉬운 대목이다. 한국에 살았던 나에게 누군가 한국에 대해서 묻는다면 직접 대답해주는 대신 잘 만들어진 영화를 더 많이 권해주고 싶은데 말이다.

JOEY: ...so I told my mother it was milk face cream! Heh...
PHOEBE: Oh, boys are lucky. Us girls have to <u>buy</u> our face cream!

ROSS: Dammit Rachel, we were on a break! I ought to rip your
pussy apart!

CHANDLER: Could I <u>be</u> any more stabbed?

Kwak Kyung-taek's

F·R·I·E·N·D

곽경택식 프렌즈

조이: 그래서 엄마한테 그건 영양 크림이라고 그랬지. ㅎㅎ
피비: 남자들은 좋겠다. 크림을 안 사도 되니 말야.
....
로스: 젠장, 레이첼! 우린 냉각기였잖아! 네 XX를 찢어버려야 마땅하겠어.
....
챈들러: 더 찔릴 수는 없을 것 같은데!

이상한 대중문화 읽기

제 3 부

7

두 세계관의 충돌, 섹스앤더시티

섹스앤더시티의 네 주인공

센트럴파크에서 브런치 먹기

미스터 빅; 교회에 가고 싶어?

캐리; 남이 들으면 내가 기독교와 원수진 줄 알겠어요.

-섹스앤더시티 중에서

"'섹스앤더시티'가 가져야 하는 것, 6년 동안 살아남기 위해 가져야 했던 것은 바로 영혼이었다."

-사라 제시카 파커의 인터뷰 중에서

표면적으로, 섹스앤더시티는 포스트페미니즘 성향의 여성들에게 아주 매혹적인 이미지들을 제공한다. 여성 시청자들은 스스로가 캐리, 샬롯, 미란다, 혹은 더욱 과감하게도 사만다가 되는 환상에 빠진다. 이 네 명의 캐릭터들은 모두 매력적이며 재정적으로 독립되어 있고 고급스런 의상과 구두, 그리고 아파트를 가졌다. 또한 흥미로운 전문직에서 일하며, 다양한 섹스 라이프와 심심할 틈이 없는 빽빽한 사교활동을 즐기고 무엇보다 서로에게 친밀하고 든든한 지원자가 되는 친구집단을 가지고 있다. 이 모든 것이 세계에서 가장 유혹적이고 역동적인 도시, 뉴욕을 배경으로 하고 있다는 사실은 더 말할 필요도 없고...

포스트페미니스트의 관점에서 보면 이 네 명의 캐릭터들은 여성들의 모범적인 '성공사례'이다. 왜냐하면 그들은 성공적이고 독립적이면서도 그들의 소중한 여성성을 전혀 잃고 있지 않기 때문이다(미란다의 경우는 조금 예외적이기는 하다). 또한 그들은 개인주의의 상징이기도 하다. 그들에게 자신의 욕구를 만족시켜주고 자신의 웰빙과 행복을 전적으로 책임져 줄 타자 따위는 존재하지 않는다. 서로 분리된 개인들의 집합체일 뿐인 세상 속에서 개인의 행복은 오로지 자기 자신으로부터만 연유된다고 믿는 것이다. 따라서 그 네 명이 정의 내리는 행복의 의미 또한 제각각일 수밖에 없다.

아트 갤러리를 운영하고 있는 샬롯은 미국의 부유하고 정통적인 프로테스탄트 집안 출신으로 네 명의 캐릭터 중 가장 보수적이다. 그녀는 운명을 믿으며 세상 모든 사람들에게는 각자 자신에게 맞는 자리가 정해져 있다고 믿는 캐릭터이다. 그리고 언젠가는 자신의 마음의 문에 딱 맞는 열쇠를 쥐고 있는 단 한 명의 소울메이트를 찾을 수 있으리라 확신한다. 그런데 샬롯은 자신의 유일한 소울메이트라 여기고 결혼한 첫 남편 트레이와 이혼하고 그 와중에 만난 이혼전문 변호사 해리와 맹렬하게 사랑에 빠져 다시 결혼한다. 첫 남편을 자신의 유일한 소울메이트로 생각한 것이 틀렸다는 것에 대해서 그녀는 다음과 같이 자신의 신념을 변호한다.

"그 모든 게 다 어떤 이유가 있었던 거야."

어쨌든 그녀는 운명을 맹신하니까... 반면 미란다는 종교, 운명, 또는 영혼의 동반자 따위는 믿지 않는다. 그녀는 섹스앤더시티 시즌4, '35번째 생일(the agony and extacy)'편에서 "영혼의 짝이 있는 곳은 홀마크 광고판 뿐이야."라고 빈정댄다.

미란다보다는 덜 극단적인 캐리는 유일한 소울메이트보다는 세상에는 자신의 소울메이트가 될 사람이 한 명 이상이라고 믿는 축이며, 사만다는 아예 사랑 자체를 믿지 않고 섹스를 통한 육체의 쾌락만을 추구하는 성적 자유주의자의 삶을 산다. 그러나 이런 사만다도 시리즈가 진행됨에 따라 점차 한 명의 파트너와만이 행복을 느낄 수 있는 자신의 모습을 깨달아가며, 시리즈가 끝나갈 쯤에는 남성

---

1 크리스마스, 결혼식, 발렌타인데이 등 각종 기념일에 맞는 카드를 전문적으로 만드는 회사. 1910년 미국에서 설립되어 전세계적으로 유명한 카드 브랜드가 되었다.

미가 물씬 풍기는 스미스 재로드와 처음으로 진지하고 실제적인 관계에 빠진다.

이에 비해 미란다야 말로 인간은 그 어떤 것으로도 서로 연결되어 있지 않으며 우리 모두는 스스로 자신의 행복에만 전적으로 책임이 있는 각각의 개체라는 인생관을 대변하고 있다.

미란다는 소울메이트에 대한 자신의 의견을 말한 뒤에 곧바로 샬롯에게 말한다.

"넌 여전히 네 자신의 외부로만 눈길을 주는구나... 너 자신만으로는 충분치 않다고 생각하는 거니?"

미란다는 영혼, 운명, 창조주 같은 건 없다고 완벽하게 확신하고 있는 것이다. 그녀는 페미니스트이자 개인주의자이며 독립적이고, 강하며, 다른 누군가에 의해 압박되지 않는다. 그녀가 내린 행복의 정의는 존경 받고 사회적으로 중요한 직업을 갖고, 성공을 하며, 홀로 독립적으로 살고, 좋은 친구들을 두는 것이다. 종교, 남편, 가족은 그녀에겐 부차적인 것일 뿐이다. 하지만 가끔 그녀도 이런 믿음에 회의를 품는다. 자신의 정의에 의하면 그녀는 행복해야 한다. 변호사란 직업이 그녀의 행복조건을 모두 만족시키고 있기 때문이다. 하지만 그녀는 밤늦게 퇴근하고 돌아와 소파나 침대에 쓰러지고 혼자서 초콜렛 케익을 게걸스레 먹으면서 외롭다고 느끼곤 한다. 네 주인공이 항상 서로 가족같이 지내기 때문에 정말로 홀로 남겨지는 경우는 없지만, 미란다는 나머지 세 친구보다 더 외로움에 많이 시달리는 것 같다.

'35번째 생일'에서 그녀는 영혼의 짝을 믿지 않는다고 말한 후 언제나처럼 혼자 집으로 돌아온다. 그 장면에서 그녀의 외로움은 생생하게 드러난다. 미란다의 외로움은 스스로를 완전히 혼자이며 주변 세계와 연결되지 않은 존재라고 믿는 생각에서 비롯되는 것이다. 그녀의 외로움과 고립은 자연과 우주로부터 이탈된 현대인에 대한 은유이다. 사실 그 정도는 각각 다르지만 섹스앤더시티의 네 주인공 모두는 그러한 이탈을 느끼고 있다.

자연으로부터의 분리, 혹은 자연의 또 다른 이름인 '모든 창조물'로부터의 분리는 센트럴파크로 대변된다. 넷은 자주 센트럴파크를 거닐면서 이야기를 나눈다. 그곳은 숲처럼 보이지만 실은 진짜 숲이 아니다. 인공적으로 계획되고 관리된, 옛 바빌론만큼이나 반짝이고 매혹적이고 타락한 도시 속의 공간일 뿐이다.[2] 또 하나의 중요한 설정은 드라마 속에서 결코 주인공들의 부모가 등장하지 않는 것이다. 그들이 그 무엇의 '부분'도 아닌 완전히 개별적인 존재임을 부각시키기 위해 이것보다 효과적인 설정은 아마도 없을 것이다.

---

2 어떤 에피소드에서 캐리는 남자친구 에이든과 캠핑을 가게 된다. 그렇게 실제 자연과 마주친 캐리는 그 상황을 너무 싫어한다. 개를 사랑하는 가구 디자이너 에이든은 캐리가 자신과 마찬가지로 자연과 교감하기를 기대하지만 캐리는 센트럴파크가 그리울 뿐이다.

그리고 이런 설정들은 드라마가 전개되면서 서서히 드러나는 것이 아니라 시리즈의 제목과 동일했던 시즌1의 첫 번째 에피소드에서부터 아주 확연하게 드러난다. '섹스&시티'라는 제목의 첫 에피소드가 시작되면 들판이 아닌 인공구조물로 가득 찬 헬스 클럽에서 자신의 근력을 자랑하는 남자들이 등장한다. 그 중 어떤 이는 암벽등반을 하고 있다. 물론 가상으로 꾸며진 인공암벽을 기어오른다. 그리고 이어서 센트럴파크에서 점심을 먹고 있는 미란다가 보인다. 인공적이고 질서 정연하며, 도시 속에 갇혀 있는 안전한 숲 속에서 그녀는 어디로부터 왔을지 모들 플라스틱 용기에 담긴 음식을 먹고 있다.

한편, 네 주인공을 포함해서 뉴요커들의 음식에 대한 태도도 전체 드라마에 지속적으로 나타나는 주제이다. 네 명의 주인공 중 샬롯만이 요리를 할 줄 안다. 너무 바빠서 그녀도 요리를 자주 하지는 못하지만 요리를 진심으로 즐긴다. 원재료를 일일이 챙기고 다듬으면서 요리한다는 것 자체가 자연과의 유대를 의미한다. 이런 의미에서 집에서 만든 음식을 '영혼의 음식(soul food)'이라고 부르기도 하는 것이다. 그녀가 자연과의 교감을 보여주는 또 다른 방식은 바로 아이들과 동물에 대한 애정이다. 다른 주인공들은 이를 별로 중시하지 않는다. 특히 미란다는 이런 샬롯을 '천상 여자(girly-girl)'라고 평한다. 미란다에게 요리나 육아처럼 전통적인 여성의 역할에 충실한 것은 냉소를 불러일으킬 뿐이다.

나머지 세 주인공과 그들이 먹는 음식과의 단절은 거의 코믹하게 그려진다. 한 에피소드에서 사만다는 '수제 파이'를 자랑한다. 모두들 의아해 하지만 역시나 그 파이는 누가 대신 만든 것을 사온 것일 뿐이다. 다른 에피소드에서 빅과 깊이 사랑에 빠진 캐리는 말한다.

"그날 밤 빅의 부엌에서 난 기적을 행하였다. 요리를 한 것이다."

□짠! 퐁듀에요!" 캐리는 빅에게 자랑스럽게 말한다.

□요리가 아니라 그냥 치즈만 녹인 거잖아." 빅이 말한다.

□다른 요리는 못해서요." 캐리는 이렇게 말하지만 그녀가 만든 퐁듀 역시 신통치 않다. 자신이 만든 퐁듀를 먹고 나서 캐리는 인정한다. "형편없네요."

빅이 말한다. "우리 외식할까?"

'고통의 극치(La Doleur Exquise)' 편에서는 음식이 아주 상징적인 역할을 한다. 캐리와 빅의 관계가 흔들리기 시작한 후 어느 저녁, 캐리는 맥도날드에서 산 음식이 잔뜩 든 봉투를 들고 빅의 집으로 간다. 맥도날드는 같은 패스트푸드야 말로 자연과 완전히 단절된 영혼이 없는 음식이다. 빅과 언쟁을 벌인 캐리는 주방이라기보다 공장에 가까운 곳에서 '제조된' 맥도날드 봉지를 철썩 소리가 나도록 벽에 집어 던진다. 캐리와 빅 둘 사이의 엇나가는 감정, 즉 부자연스러운 관계는 그렇게 맥도날드의 비자연적인 이미지로 더욱 극대화되어 보여진다.

맥도날드의 이미지는 시즌6에서 다시 나타난다. 캐리는 스스로 요리를 하고 또 즐기는 러시아인 알렉산드르와 연애를 한다. 그는 예술가다. 자연과의 교감을 중요시하고 즐기는 사람이다. 그러나 음악, 시, 춤과 좋은 음식으로 가득한 알렉산드르식 연애가 너무 부담스럽게 느껴지자 캐리는 내키지 않아하는 알렉산드르를 끌고 동네 맥도날드로 간다. 거기서 그녀는 알렉산드르에게 프렌치 프라이를 먹인다. '섹스앤더시티'에 등장하는 캐리의 상대남 중에는 알렉산드르처럼 예술가나 창의적인 인물들이 많다. 그리고 그들은 대부분 요리를 직접 하는 것을 즐긴다. 그러나 그것은 캐리가 관계를 더 이상 발전시킬 수 없는 상징적인 요소가 된다. 캐리에게 요리란 단순히 음식을 만드는 행위가 아닌 어떤 거대한 구조에 소속되는 것을 의미한다. 캐리는 그런 소속을 두려워한다.

미란다에게도 요리란 포장된 음식과 병에 든 파스타 소스, 케이크 믹스를 버무리는 것을 의미한다. 미란다의 연인으로 등장하는 로버트는 '진정한 연인(Let There Be Light)' 편에서 그녀의 이러한 태도를 잘 요약한다. 그는 미란다와 헤어지면서 이렇게 말한다. "일도 바쁘고 애까지 있으니… 섹스 하러 나가기 귀찮을 땐 로버트를 부르면 땡이고. 난 패스트푸드였지." 그 역시 요리를 잘 하는 남자다.

요리에 대한 그녀들의 거부감은 종교에 대한 그녀들의 태도로까지 연결된다. '미혼의 불행(Attack of the 4'10" Woman)' 편에서 미란다는 가정부를 고용한다. 가정부 마그다는 나이가 지긋한 전통적인 여성으로 천주교 신자이다. 그런데 어느 날 마그다가 미란다의 '비밀 서랍'을 정리하며 자위 기구를 없애고 대신 작은 성모 마리아 상을 넣어 놓는다, 그걸 발견한 미란다는 격노한다.

"은총 같은 건 안 빌어도 돼요. 하나님의 은총도 필요 없어요, 전 제 삶 그대로 만족해요."

다른 에피소드에서 미란다는 캐리와 함께 교회에 간다. 예배를 하러 간 것이 아니라 빅을 몰래 엿보러 간 것이었다.

"더럽게 많이들 오네," 미란다가 말한다, "완전히 사기잖아!"

"여긴 장로교 교회지 성당이 아냐," 캐리가 말한다,

"뭐든간에," 미란다가 무시하듯 말한다. "천주교, 기독교, 불교… 모두 똑같아. 모두 우리의 건전한 섹스를 오염시키니까."

미란다는 자신과 섹스를 한 후 매번 샤워를 하면서 마음을 가다듬는 어떤 남자에게 말한다.

"섹스는 죄가 아니에요." 그는 믿을 수 없다는 눈으로 그녀를 본다.

"그래? 일깨워 줘서 고맙군. 미란다의 복음이신가? 다음엔 뭐라고 할 거지? 신이 육체를 만들었고 섹스는 그러한 육체의 표현 방식인데 신이 빚은 육체의 표현이 어떻게 죄가 되냐고?"

"그래요." 미란다가 말한다.

"기적이야! 내 병이 낳았도다! 나는 지옥도 안 간다!"

나중에 안 사실이지만 천주교 신자인 그 남자는 그렇게 빈정대고 둘은 곧 헤어진다. 사만다는 아예 종교 따위 염두에 두지 않는다. 섹시한 사제를 보고 욕정을 품는 것 외에는 말이다. 샬롯만이 넷 중에서 종교와 가장 가까운 인물이다. 그녀는 신교도이고, 성에 대한 그녀의 보수주의도 그에 기인한 바 크다. 그러나 운명의 장난이란 묘한 것이다. 신을 믿고 소울메이트를 믿으며 행복한 가정을 꾸려 아이를 낳고 영혼과 자연에 충실한 삶을 원하는 유일한 캐릭터인 샬롯은 불임이다(아이러니하게도 아이에 집착하는 캐릭터는 불임으로 묘사되는 경우가 많다. 프렌즈의 모니

카처럼...)

어쨌든 이렇게 시즌이 진행되면서 네 명의 주인공들의 삶은 서로 다른 운명의 힘으로 서서히 변화가 생긴다.

캐리와 빅은 재결합한다. 우리는 그들이 처음 만나는 순간부터 그들이 결코 헤어질 수 없다는 것을 마음으로 알고 있었다. 캐리 본인만이 자신이 그토록 빅을 걱정하는 이유를 부정하고 또 부정했지만 말이다.

샬롯은 첫 남편과 이혼했고, 두 번째 남편은 전혀 뜻하지 않게 유태인이고, 자신은 불행하게도 불임임을 알았지만 아이를 입양하여, 여전히 그녀가 꿈꾸는 운명적인 사랑을 만들어나간다.

사만다는 스미스에게 진정한 사랑을 느낀 뒤부터 부담 없는 하룻밤의 섹스는 자신을 영원히 만족시키지 못할 것이라는 사실을 깨닫는다.

미란다는 전 남자친구 스티브의 아이를 낳는다. 그녀의 시간과 돈을 축낼 것이고 그녀의 사회 생활을 좀먹고 그녀의 몸을 뚱뚱하게 만들 것이라고 그토록 경계하던 그 아이를 말이다. 그러나 그녀는 전에는 알지 못했던 어떤 행복감에 점점 빠져들고 스티브와 결혼까지 한다. 그러고는 '자신의 가족'을 위해 최선이라고 생각하기 때문에 그녀가 그토록 집착하던 뉴욕 도심을 떠나 브루클린으로 이사한다.

* * *

'섹스앤더시티'는 오늘날 미국 사회와 대중문화에 나타나는 대표적인 두 이데올로기 간의 갈등을 탐구하는 드라마이다. 한편에는 우주가 계획 하에 만들어졌으며 그 안의 모든 것은 정해진 자리가 있으며, 우리 인간은 자신의 자리를 찾을 때 가장 행복하다는 생각이다. 다른 한편에는 세계는 완전히 무작위로 만들어진 것이며 우리는 모두 자신의 이해와 관계 없는 것과는 연결될 필요가 없는 개인이라는 생각이 있다. 전자에는 신이 들어갈 여지가 많고, 후자에는 신을 위한 자리는 거의 없다.

'섹스앤더시티'의 주인공들은 서로 정도는 다르지만 후자의 입장을 취한다. 그러나 이야기가 진행됨에 따라 주인공 각각은 점점 더 운명과 신, 자신 밖에 있는 더욱 큰 구조와 영혼을 받아들이며 전자의 세계관에 편입된다. 그녀들 스스로는 절대로 '운명'이라는 말을 쓰지 않겠지만 말이다. 사실 그것을 무슨 이름으로 부르건 그것은 중요한 것이 아니다. 그저 각자가 자신만의 방식으로 받아들이면 되는 것이다.

'섹스앤더시티'에 나타난 상반된 두 세계관

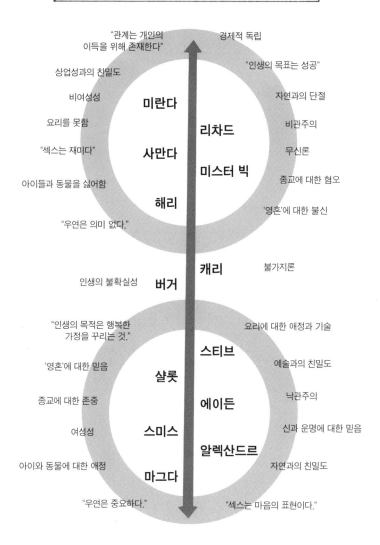

"관계는 개인의 이득을 위해 존재한다"

경제적 독립

상업성과의 친밀도

"인생의 목표는 성공"

비여성성

자연과의 단절

요리를 못함

비관주의

"섹스는 재미다"

무신론

아이들과 동물을 싫어함

종교에 대한 혐오

"우연은 의미 없다."

'영혼'에 대한 불신

미란다

사만다

해리

리차드

미스터 빅

캐리

불가지론

인생의 불확실성

버거

"인생의 목적은 행복한 가정을 꾸리는 것."

요리에 대한 애정과 기술

'영혼'에 대한 믿음

예술과의 친밀도

종교에 대한 존중

낙관주의

여성성

신과 운명에 대한 믿음

아이와 동물에 대한 애정

자연과의 친밀도

"우연은 중요하다."

"섹스는 마음의 표현이다."

스티브

에이든

알렉산드르

샬롯

스미스

마그다

8

디즈니 연대기, 혹은 몰락기

영화 물란의 한 장면

공주의 귀환

"정숙하면서 참하게, 우아하면서 공손하게, 세심하고 조신하며
빈틈없게." -뮬란(1998)

'뮬란'은 월트 디즈니가 플로리다 올랜도에 있는 디즈
니/MGM 애니메이션 스튜디오에서 제작한 2D 애니메이
션이다. 나는 1996년에 그 스튜디오에 가 본 적이 있었는
데, 그곳은 나 같은 관광객들이 돌아 다니면서 유리벽을
통해 애니메이터들이 작업하는 것을 볼 수 있게 꾸며져 있
었다. 말하자면 그곳은 애니메이션 수족관 같은 곳이었다.
애니메이션 팬인 나는 애니메이터들이 일하는 모습에 홀
딱 반했고, 무한정 머물러 구경하고 싶은 마음이었다. 하
지만 한편으론 애니메이터들에게는 좀 미안하기도 했다.
하루 종일 그렇게 멍하게 바라보는 관광객 앞에 노출되어

있는 심정이 어땠겠는가? 예술가는 특히나 예민한데 말이다. 그들에겐 아주 견디기 힘든 일일 것이다. 어쨌든 나는 애니메이터 한 명이 작업대에서 뭔가 하고 있는 것을 한동안 바라보았다. 나중에 안 사실이지만 그가 하고 있던 작업은 바로 뮬란과 관련된 것이었다. 결국 그는 내 시선을 느끼고 고개를 들어 나를 쳐다보았다. 그리고 미소 띤 얼굴로 손을 흔들어 주었는데 그것은 관광객을 대하는 교육받은 태도가 아니라 전혀 가식 없는 행동이었다. 감동을 받아 나 역시 손을 흔들어 주면서 그가 애니메이션에 대한 내 애정을 느꼈던 것이라고 내 멋대로 해석해버렸다. 모든 디즈니 애니메이션 중에서 '뮬란'이 내게 특별한 작품인 이유가 바로 그 기억 때문인지도 모른다. 하지만 그 기억이 아니더라도 '뮬란'은 월트 디즈니가 만든 최고의 애니메이션이라고, 나는 생각한다.

'뮬란'은 실화를 바탕으로 한 중국 고전시에 영감을 받아 만들어졌다. 약 1500년 전 중국은 흉노족의 침략을 받았고, 황제는 모든 가문에서 장정 한 명씩을 황제군으로 징발하라는 명령을 내렸다. 뮬란의 가족 중 남자는 아버지뿐이었고 아버지는 이미 이전 전투에 참전하여 부상을 입은 까닭에 더 이상 참전하는 게 곤란한 상황이다. 결국 딸 뮬란이 남장을 하고 아버지를 대신해 황제군에 입대한다. 디즈니는 이런 단순한 고전시에 상상력을 보태 새로운 캐릭터와 스토리를 창조해낸다. 주인공 뮬란은 조금 선머슴

같긴 하지만 예쁘장하게 생긴 10대 후반, 혹은 20대 초반의 여성이다. 그녀는 자유로운 영혼과 강한 독립심을 가졌다. 아마도 이러한 성품은 세상이 그녀에게 그곳에 있어야 한다고 요구하는 자리를, 그녀가 이해하는 데 오랜 시간이 걸리게 했을 것이다. 그 자리란 중국의 유교문화에 의해 정해지는 것이다. 유교의 가르침에 따라 뮬란은 곧 혼인을 해야 했다. 뮬란의 부모는 딸을 시집 보내기 위해서 마을 중매쟁이에게 그녀를 선보이려 한다. 영화 초반부에 뮬란은 이상적인 중국 여성의 특징을 외우면서 중매쟁이와의 만남을 준비한다.

> "정숙하면서 참하게, 우아하면서 공손하게, 세심하고 조신하며 빈틈없게."

뮬란은 그 내용을 외우지 않고 팔에 적어 놓는다. 도무지 마음에 맞지 않는 내용을 억지로 외우는 것만큼 고역인 것은 없으니까. 그러면서 양볼이 불룩하도록 아무렇게나 밥을 꾸역꾸역 퍼먹는데, 그 모습은 모든 여성성과 중매에 대한 뮬란의 느낌을 그대로 보여준다. 정작 자신은 전혀 관심이 없지만 자신이 속한 가족과 공동체에는 그것이 아주 중요한 일이라는 사실을 알고 있기 때문에 그녀는 답답하기만 하다. 뮬란은 어쩔 수 없이 중매쟁이와의 만남을 준비한다. 어머니와 동네 아줌마들의 도움으로 뮬란은 전통 복장을 하는데, 그 옷을 입으면 마음껏 움직이지도 못하고 가슴은 짓눌려 답답하다. 뮬란의 얼굴에는 마치 일본 게이샤처럼 하얗게 분이 발리고 입술은 루비처럼 빨갛게 칠해진다. 그리고 길고 자유롭게 휘날리던 머리카락은 하나로 단단하게 묶인다. 결국 뮬란은 극도로 여성스러운 모습으로 변신을 끝내고 중매쟁이를 기다린다. 그녀가 그런 모습을 하고 그런 식으로 행동해야 하는 이유는 괜찮은 총각들이 그런 여자의 모습을 원하기 때문이다. 이렇게 극도로 여성스럽게 꾸며진 뮬란의 모습은 1936년 디즈니 최초의 장편 만화영화 주인공 백설공주와 아주 닮아 있는데, 이는 의도적인 것일 수도 우연일 수도 있다. 백설공주는 검은 머리에 창백하고 하얀 피부, 체리 빛 붉은 입술에 가슴은 아담하며 순종적이고 여리디 여린 여성이다. 그리고 그녀는 확실히 처녀. 백설공주의 완벽한 처녀성은 너무나 노골적으로 강조되어 심지어 그녀는 진짜 여자처럼 보이지도 않는다. 백설공주의 눈은 도자기 인형이나 눕히면 눈을 감고 일으켜 세우면 다시 눈을 뜨는 인형의 눈 같다. 물론 취향에 따라 다르겠지만 현재의 시각으로 보면, 젊은 남성들은 여성스럽기만 한 백설공주보다는 쿨하고 자유롭고 엉뚱하면서 뭔가를 갈망하는 뮬란의 모습, 강아지와 장난치며 놀고 중매쟁이를 골탕 먹이는 그 모습에 훨씬 더 성적 매력을 느낄 여지가 크다. 더욱이 여성 관객들은 지나치게 작위적인 여성성을 드러내는 모습보다는 뮬란의 자연스러운 아름다움을 더 좋아할 것이다. 내 여자 친구한 명은 1936년판 백설공주를 보고는 백설공주가 내숭을 떤다며 재수 없다고 말하기도 했으니까... 사회로부터의 제약이나 지시 없이 개인이 자신답게 살아가는 것은 두꺼운 화장과 무거운 옷, 사회가 부여한 행동 규범 아래로 자유를 감추거나 억누르는 것보다 더 매력적이고 바람직하다. 물론 세상에는 정적이고 차분하며 지극히 여성스러운 것이 자신의 본성에 맞는 사람도 있다. 그러나 뮬란의 본성은 그렇지 않다. 그녀는 머리를 자유롭게 휘날리며 벌판을 뛰어 다닐 때 가장 매력적이고, 아름답고 섹시하다. 그게 그녀의 본성이다.

중매쟁이와의 만남은 생각보다 더 실패였다. 중매쟁이는 뮬란의 중매를 서지 않겠다고 하고, 뮬란은 자신에 대해 온통 혼란에 빠져 집으로 향한다. 자신이 사회에 적합한 사람인지 혼란스러워하는 뮬란에게 아버지는 그녀가 그저 늦게 피는 꽃일 뿐이라고 말해주지만 뮬란에게는 별로 위로가 되지 못한다. 그녀는 시집을 가기 위해 그렇게 차려 입고 자신이 아닌 사람처럼 행동하는 것이 싫었다. 본능적으로 그것이 잘못된 길이라는 걸 느끼고 있는 것이다. 그러면서 그녀는 머릿속에서 떠나지 않는 정체성에 대한 질문을 노래로 표현한다. 디즈니 만화에 등장하는 오페라 아리아 같은 노래들은 주인공들의 심정을 관객들에게 전달하는 아주 효과적인 수단이다.

"가면을 쓴다면 나는 세계를 속일 수 있겠지, 하지만 내 마음은 속이지 못해, 아무리 애써도 감출 수 없는 나, 언제나 내 모습을 보일 수 있나? 언제나 내 모습을 볼 수가 있나?"

그 때 황제의 칙사가 마을에 나타난다. 집집마다 장정을 한 사람씩 황제군에 입대시키려고 온 것이었다. 뮬란의 아버지는 이전 전투에서 부상을 당했음에도 불구하고 국가의 부름에 응하려 하고 뮬란은 이런 아버지를 막아 선다. 그 바람에 아버지는 사람들 앞에서 망신을 당하게 된다. 언제나 뮬란에게 친절했던 아버지도 사회가 자신에게 요구하는 남성성을 무시하는 딸에게 불 같이 화를 내고 뮬란은 뮬란 대로 마음의 상처를 받는다. 더구나 자신의 정체성에 대한 혼란은 더욱 커져만 간다. 그러한 감정의 소용돌이에 빠져 있던 그녀는 과감한 결정을 내린다. 아버지의 입대 명령서와 갑옷과 검을 훔치고, 머리를 짧게 자르고는 핑이라는 이름의 남자 행세를 하며 군대에 입대하는 것이다. 어쩌면 우리는 뮬란을 LGBT(레즈비언, 게이, 양성애자, 트랜스젠더) 패러다임으로 볼 수도 있을 것이다. 지금까지 뮬란은 자신의 정체성에 의문을 던져왔고, 여성성을 거부하고 남성성을 선택했다. 뮬란은 트랜스젠더일까? 다시 말해, 생물학적으로는 여성이지만 스스로 남성이라고 느끼는 것일까? 어쩌면 그럴지도 모른다. 특히, 영화의 마지막 장면에서 뮬란이 군인의 페르소나를 완전히 포기하지 않는 것을 보면 말이다. 하지만 영화에서 우리는 이와는 반대되는 뮬란의 모습도 발견할 수 있다. 그녀가 자신이 배속된 부대의 대장 리샹을 사모하게 된 것이다. 사실 뮬란이 살던 시대에서 사회가 요구하는 여성성을 받아들일 수 없는 한 인간이 취할 수 있는 선택은 지극히 협소하다. 극도로 여성적인 가면을 쓰고 인내하며 살아가거나 극도로 남성적인 가면, 즉 전사(戰士)가 되는 것이다. 그곳에는 적당히 조화된 자리는 없다. 과연 뮬란은 어느 가면을 택해야 할까?

뮬란의 남자 행세는 결국 꼬리가 잡히고 만다. 리샹의 명령을 거역하고, 폭약 하나만 들고는 적군 진영으로 홀로 무모하게 달려든 그녀는 폭약으로 산사태를 일으켜서 적군을 초토화시키는 무공을 세운다. 하지만 그녀는 부상을 당했고 뮬란을 치료하던 의원은 그녀가 여자라는 사실을 즉시 알아차린다. 남자 군사들의 망신이 이만저만 아니게 된 것이다. 특히 대장 리샹의 체면은 말이 아니었다. 리쌍은 여성은 군 입대가 금지된다는 법령을 어긴 뮬란을 처벌할 수도 있었지만 적을 물리친 공로를 인정하여 뮬란을 자유롭게 놓아 준다. 그러나 뮬란은 극도로 여성적인 가면을 버리고 택한 극도로 남성적인 가면 역시 자신을 받아들여 주지 않음에 좌절하며 또 다시 방황한다. 그러다가 적장인 샨유가 아직 살아있으며 황제를 암살하러 베이징으로 가고 있다는 사실을 알게 된다. 뮬란은 리샹에게 이 사실을 알리지만, 여자인 뮬란이 세운 전공에 남자로서의 수치심과 분노를 느끼고 있던 리샹은 망설이고, 그 사이 샨유는 황궁으로 들어가 황제를 인질로 잡게 된다. 리샹은 결국 뮬란의 제안대로 병사 셋을 뮬란과 함께 후궁으로 변장시켜 황궁으로 들어가게 한다. 이 과정에서 뮬란은 중요한 사실을 깨닫는다. 그녀는 여성성과 남성성 모두가(아버지를 구하기 위해 군에 입대한다든지 후궁의 모습으로 황궁으로 몰래 들어갈 때), 각기 유용하게 쓰일 수 있는 가면이라는 것을 인식한 것이다. 또한 그것은 단지 유용한 가면에 불과할 뿐 한 사람의 진정한 자아를 나타내지는 않는다는 것을 알게 된다. 어쩌면 그녀는 여자, 남자의 두 극단적인 가면을 적절하게 활용하며 자기 자신의 모습으로 살아갈 수도 있을 것이다. 영화 마지막에 뮬란은 황제를 구하고, (간접적으로) 샨유를 죽이고, 리샹을 저녁 식사에 초대한다. 그 모든 해피앤딩은 뮬란이 여성성과 남성성을 넘나들었기 때문에 가능한 것이었다.

그런데 뮬란에는 아쉬운 장면이 꼭 한 군데 있다. 뮬란은 감사와 환희와 자아 실현으로 인한 흥분 때문인지 수많은 사람들 앞에서 황제를 끌어안는다. 리샹과 다른 군인들은 입을 쩍 벌리고 "저래도 되는 거야?"라고 중얼댄다. 그것은 의례에 걸맞지 않는 행동이기 때문이다. 그건 아무리 자유분방한 뮬란이라도 도가 지나친 파격이었고 나는 이 장면이 아주 묘하게 거슬렸다. 어찌보면 모든 갈등이 해결되는 이야기의 대단원에서 극적인 느낌을 전달하기 위한 자연스런 연출로 받아들일 수 있는 그 장면이 내게는 왜 그다지도 생뚱 맞게 느껴졌던 것인가? 그건 아마도 갑자기 미국의 냄새가 확 풍겼기 때문일 것이다. 디즈니 애니메이션은 어느 시대, 어느 문화적 배경을 바탕으로 만들어졌든지 대부분 포옹하는 장면으로 끝나기 일쑤다. 현대 미국과는 다른 시간, 다른 배경을 세밀하고 정확하게 묘사하는 것 같으면서도 결정적인 순간에서는 미국적인 감정 표현과 미국적인 신념을 노골적으로 드러낸다. 그 순간 영화는 왠지 뒤죽박죽 되어버리는 느낌이다. '뮬란'에서 우리는 정말 중세 중국이라는 격동의 시대를 배경으로 한 개인이 자신의 정체성을 찾으려 분투하는 모습을 보고 있는 것인가? 아니면 미국의 시각에서 중국 문화를 비평하는 것을, 혹은 모든 군주제와 계급 사회를 논하는 것을 보고 있는 것인가? 뮬란은 중세 중국에서 실제로 존재했을 만한 여성인가? 아니면 그저 다른 시간 다른 문화로 타임머신을 타고 온 동양계 미국인일 뿐인가? 디즈니 만화는 계몽운동의 이상인 개인의 자유가 거의 세속적 종교 수준으로 숭배되는 미국적 신념을 다양한 포장으로 관객에게 전달하기 위해 분투한다. 그러기 위해서 그들이 사용하는 무기는 다양한 시공간적, 문화적 요소들을 뒤죽박죽 섞어놓는 그들만의 상상력이다. 하지만 나의 대답은, 황제를 껴안기 바로 전까지만 뮬란은 중세 중국에 실제로 있었을 법한 여성이었다는 것이다. 이런 부분에서 디즈니의 상상력은 독이 되고 그들이 만드는 이야기를 점점 식상하게 만든다. 그럼에도 불구하고 나는 여전히 뮬란이 최고의 디즈니 애니매이션라고 생각한다. 뮬란은 전통적인 디즈니 애니메이션의 여자 주인공과는 전혀 다른 인물이다. '뮬란'이 나오기 전까지 디즈니 애니메이션의 여자 주인공은 거의 모두 공주였다. 그들 모두가 여성성의 가면을 쓰고 꽤나 행복하고 만족한 삶을 살았지만 그것이 가면이라는, 아니 적어도 가면일지도 모른다는 의문을 품어본 공주는 한 명도 없었다. 사실 그들은 자신이 여성이라는 점에 너무나 만족하고 있기 때문에 여성성 자체가 그들의 정체성이라고 느껴지기까지 한다. 반면 뮬란은 자신의 정체성을 고민하고 자신에게 강요된 가면을 인식한다. 그리고 자신의 또 다른 자아를 확인하기 위해 모험을 감행하며 결국 스스로 갈 길을 개척한다. 이건 이전의 천편일률적인 디즈니의 공주 캐릭터에 비하면 정말 획기적인 여성 캐릭터인 것이다.

나는 이번 장에서 뮬란을 중심에 놓고 그 이전과 그 이후의 디즈니 애니메이션에서 보여주는 여성관, 그리고 그 밖의 문제들을 찬찬히 살펴보려 한다. 1989년의 '인어공주'이래로 디즈니 애니메이션은 놀라운 성공가도를 달렸고 전세계 수많은 사람들이 감상을 했기 때문에, 여러 가지 문화 주제를 토론함에 있어 디즈니 애니메이션만큼 공감의 폭이 넓은 대상도 드물 것이다.

백설공주와 일곱 난장이(1936)

이 영화는 미국에서 만들어져 상영된 최초의 장편 애니메이션이다. 당시로서는 무척 아름다운 화면을 자랑하는, 기술적으로 놀라운 성과였지만 지금 보면 꽤 지루한 고전일 뿐이다. 그만큼 세월이 많이 흐른 것이다. 고전이니 만큼 이 영화에는 오늘날까지도 지속되는 전형적인 디즈니 여성 캐릭터 두 명이 등장한다. 순결한 처녀인 공주와 악독하고 헤픈 왕비 말이다. 여기서 '헤프다'는 말을 나는 예전처럼 무조건 부정적인 뜻으로만 쓴 것은 아니다. 그 말은 처녀성을 잃었을 뿐 아니라 인생에서 좋고 나쁜 다양한 영향을 받음으로써 복잡해진 상태를 뜻한다. 이 여성은 욕망과 삶으로 인해 타락했지만 그만큼 풍부한 인생 경험을 가진 흥미롭고 매력적인 캐릭터이다.

백설공주는 계모인 왕비와 함께 성에서 산다. 왕비와 백설공주는 여러모로 서로 극과 극이다. 적어도 나의 눈에, 왕비는 부드럽고 둥근 가슴, 검붉은 입술과 날씬한 허리를 지닌 아주 매력적인 여성이다. 그에 비해 백설공주는 아직 여자라고 할 수도 없다. 그녀는 아직 사춘기 훨씬 이전 혹은 트윈(tween)[1] 소녀의 몸과 태도에 머물러 있으며 얼굴은 도자기 인형 같아서 생기가 없다. 반면에 왕비는 최소한 진짜 여자처럼 보인다. 즉 백설공주는 아직 여성

---

[1] '트윈(tween)'은 예쁜 단어는 아니지만, 사춘기 직전의 시기를 의미하는 유용한 단어이다. 일반적으로 여자에 대해서만 쓴다.

대 여성으로서 여왕과 맞설 상대가 되지 않는 것이다. 그럼에도 불구하고 여왕은 백설공주에 대한 질투심으로 활활 타오르며 마법의 거울에게 질문을 던진다. 하지만 그건 잘못된 질문이다. 마치 '올드보이'의 오대수의 질문처럼. 내 생각엔 왕비가 "누가 가장 매력적이지?", "누가 가장 근사하지?", "누가 가장 섹시하지?" 등으로 질문했다면 마법의 거울은 분명 "그건 바로 여왕님입니다."라고 대답했을 것이다. 그러면 왕비는 백설공주를 죽이려 하지 않아도 됐을 것이고 그 둘은 그럭저럭 함께 지낼 수도 있었을 것이다. 그런데 왕비의 질문은 "누가 가장 아름답지?"였다. 마법 거울의 대답은 당연히 "백설공주"다. 왜냐하면 이 영화에서 '아름답다'는 의미는 외모 이상의 것을 의미하기 때문이다. 그리고 그 단어의 의미는 이 영화의 주제로까지 연결된다.

1936년에 상영된 이 영화의 맥락에서 아름다움은 단순히 매력적인 외모를 뜻하는 것이 아니라 순수한 마음, 어떤 부정적이거나 악한 감정으로도 더럽혀지지 않은 마음을 의미한다. 백설공주는 동물을 사랑하고 알지도 못하는 사람들을 위해 집을 깨끗이 청소하는 순진한 처녀이다. 다른 사람이었다면 아마도 이렇게 말할 것이다. "왜 내가 이걸 해야 하는 거야?" 혹은 "이걸 하면 내겐 뭐가 돌아오지?" 하지만 백설공주는 그렇지 않다. 너무나 순수한 그녀는 아직 초경도 경험하지 않았을 것이다. 그녀는 너무나 순결한 나머지 이름조차 '백설(snow white)'이니까. 반면, 왕비는 질투의 화신이다. 질투는 지옥에 떨어질 일곱 가지 죄악 중 하나일 정도로 큰 죄이다. 그 뿐이 아니다. 그녀는 비밀스러운 주술과 비술에도 빠져 있다.

마법의 거울은 분명 왕비의 질문에 기독교적인 잣대로 대답하고 있다. 이상적인 기독교 여성은 정숙하고 순결하고 순진하고 순수하며 순종하고 신앙심이 깊어야 한다. 이 모든 특성을 지닌 여성이야 말로 아름답다고 생각되는 것이다. 백설공주는 이 모든 것에 부합되고 왕비는 이 모든 것에 반대된다.

오늘날의 여성은 확실히 여왕보다 영특해졌다. 그녀들은 더 이상 거울에게 '누가 가장 아름답지?'라고 묻지 않는다. 그래서 린지 로한이나 패리스 힐튼처럼 아름답다고 할 수는 없지만 매력있다거나, 섹시하다고 말할 수 있는 여성들이 각광받는 것이다. 사람들은 그녀들의 비행을 욕하면서도 일거수일투족에 관심을 가지고 그녀들의 패션을 모방한다. 그러나 한편으로는 순수하고 순결한 여성에 대한 열망도 아직은 공존한다. 내가 한국에 있을 때 어떤 여가수의 섹스 비디오가 유출되어 벌어진 소동이 아직도 생생하게 기억난다. 가장 큰 피해자는 그녀였음에도, 그 여가수는 혹독한 비난을 받으며 가수생활을 중단할 수밖에 없었다. 그녀가 그렇게 잘못한 것인가? 아주 큰 잘못을 저질렀다. 백설공주의 세계관으로 보면 그녀는 더 이상 순결하지 않지 때문이다. 이제 그녀는 여왕과 같은 헤픈 여자인 것이다. 백설공주의 세계관은 여전히 유효하며 마녀사냥 역시 우리주변에 남아있다.

현대적인 페미니즘 운동이 시작되기 전까지 디즈니는 백설공주와 유사한 상징적인 기독교 처녀가 등장하는 애니메이션을 두 편 더 제작했다. 바로 '신데렐라(1950)'와 '잠자는 숲 속의 미녀(1959)'이다. 월트 디즈니는 1966년에 세상을 떠났는데, 공교롭게도 그 때는 제2의 페미니즘 물결이 막 일고 있을 때였다. 그 뒤부터 디즈니는 공주 이야기에서 눈을 돌려 대부분 동물이 주인공인 애니메이션 제작에 골몰한다. '타란의 대모험(1985)'에는 백설공주와 흡사한 일로니 공주가 등장하기는 하지만 흥행에 성공하지는 못했다. 때문에 1989년 인어공주를 만들기 전까지 공주는 디즈니에서 완전히 퇴출된 듯했다.

1989~1994: 공주의 귀환

인어공주(1989)

1989년에 개봉된 '인어공주'는 지난 10년간 박스 오피스에서 부진을 면치 못하던 디즈니 애니메이션 산업에 그야말로 가뭄에 단비 같은 성공을 안겨주었다. '인어공주'는 백설공주처럼 고전적 공주의 개념을 회생시킨 디즈니의 연이은 4작품 가운데 첫 작품이다(1993년 동물영화인

'라이온 킹'이 잠시 끼여들긴 했다). 하지만 이 4개 영화에는 백설공주에서 진일보한 현대적이고 페미니스트적인 경향이 첨가되었고 아마도 그것이 흥행의 요인이 되었을 것이다. 각각의 작품에 등장하는 공주는 순수한 마음의 소유자이긴 하지만 백설공주와는 달리 고집이 세고 독립적이고 지적이다. 그들은 뮬란처럼 사회의 규칙에 제약을 당하고 있다. 그 제약은 단순히 말하자면 다른 문화와 인종, 사회·경제적 집단에 속한 사람과는 결혼할 수 없다는 규칙이다. 하지만 그들은 자신의 마음을 따라 금지된 상대와 사랑에 빠지고, 자신을 속박하던 사회의 규칙을 깨고 행복을 찾는다.

'인어공주'의 줄거리는 꽤 단순하다. 아름다운 몸매와 촉촉한 입술에 가리비 껍데기로 만든 브래지어를 입은 인어공주 에리얼은 인간의 물건을 모으는 이상한 취미를 갖고 있다. 난파선에서 나온 포크와 파이프 같은 물건들을 모으는 것이다. 이런 취미는 탐구심과 호기심이 많고 독립적인 영혼을 가진 그녀의 심성을 잘 드러내준다. 어느 날 그녀는 인간 세계의 왕자 에릭이 배에 타고 있는 모습을 보고는 첫눈에 반하게 된다. 첫눈에 반하는 것은 디즈니 여주인공에게 자주 있는 일이다(물론 다른 영화에서도 흔한 일이다). 이렇게 많은 인물들이 그렇게 빨리 사랑이라는 비밀스럽고 강력하고 지배적인 충동에 빠져들다니 작가들이 너무 나태하게 시나리오를 쓰는 것 아니냐고 비난

할 수도 있다. 하지만 두 사람이 첫눈에 사랑에 빠진다는 상황은 어떤 조건이나 물질이 아니라 두 사람의 마음, 영혼, 그리고 정신이 앞서 교감을 이루었다는 것을 상징하는 것이기 때문에 매력적인 소재일 수밖에 없다. 그러나 인어 세계의 법은 인간과의 교제를 엄금하고 있다. 인간은 생선을 먹는 야만족이기 때문이다(서로 다른 문화 간의 강한 불신과 증오는 이후 '포카혼타스'와 '노틀담의 꼽추'에서도 나타난다). 그럼에도 왕자에 대한 에리얼의 사랑은 사라지지 않는다. 단 하나의 장애물이 있다면 에리얼은 다리가 없어서 육지에서 살 수 없다는 것이다. 그래서 그녀는 무서운 마녀 울술라에게 가서 3일 동안 다리를 갖는 대가로 목소리를 포기하겠다고 한다. 그리고 에릭이 그 3일 안에 그녀에게 입맞춤을 하지 않으면 자신의 영혼도 잃게 된다는 계약도 맺는다.

에리얼에게 이런 위험스럽고도 불공정한 계약을 제시한 울술라는 이브닝 드레스를 입은, 가슴이 큰 갱년기 정도의 나이로 묘사된 문어 마녀이다. 그녀는 '백설공주'의 왕비처럼 매력적이지는 않지만, 왕비와 마찬가지로 순결하고 순진한 에리얼과 정반대되는 이미지로 조합된 캐릭터이다. 물론 바닷속이라는 환경도 그녀의 이미지를 생성하는 중요한 요소가 된다. 문어가 한국과 일본에서는 맛있는 요리감이겠지만 서양에서는 악마의 상징이기도 하니까. 한편 '인어공주'에서 에리얼의 나이는 16살이다. 그런데 요즘 기준으로 보면 12살 정도로 밖에 안 보인다. 요즘 트윈 소녀들은 성인 여성과 거의 구분이 안 되는 옷을 입고 립스틱을 바르며, 있지도 않은 가슴을 부풀리기 위해 뽕 브라를 입고 다니니 말이다. 1936년이 옛날이었듯 1989년도 21세기인 지금에는 마찬가지로 아주 옛날이 되어버린 것이다. 자신이 원하는 사랑을 얻기 위해 위험스런 계약도 마다하지 않는 에리얼은 백설공주의 수동성보다는 엄청나게 적극적이지만 요즘의 시각으로는 그게 뭐 대수냐 싶기도 하다. 어쨌든 에리얼은 원작 동화에서처럼 물방울로 사라지는 대신 자신의 의지대로 사랑을 이뤄낸다. 고심 끝에 다시 공주 캐릭터를 등장시킨 디즈니가, 백설공주 시대와는 다른 적극성을 띤 여성관에 맞춰 공들여 만든 캐릭터를 슬픈 종말로 내몰 수는 없었을 것이다

덧붙여 영화 초반부에 노래가 울려 퍼지는 가운데 에리얼이 마치 보티첼리의 '비너스의 탄생'을 연상시키며 조개 껍질 속에서 등장하는 장면을 주목해보자. 조개 껍질은 관습적으로 여성의 외음부를 상징한다. 또한 성적 상상을 불러일으키는 강력한 요소이기도 하다. 나는 디즈니 만화의 이런 세부적인 장면들이 치밀하게 계산되었다고 생각한다. 그 장면은 지금까지는 어린 소녀였던 에리얼이 조만간한 명의 여인으로서 누군가와 사랑에 빠지게 될 거라는 관습화된 암시가 된다.

미녀와 야수 (1991)

이 영화는 비평가들의 사랑을 한 몸에 받아 제64회 아카데미 최우수 작품상 후보로까지 올랐다. 이는 아카데미 역사상 애니메이션이 최상급 부문 수상 후보에 오른 최초의 일이었고 그 뒤로도 아카데미의 작품상 후보에 오른 애니메이션은 픽사의 업(UP, 2010년) 밖에는 없다.

'미녀와 야수'는 프랑스의 조용하고 고풍스런 시골 마을에 사는 벨의 이야기이다. 발명가의 딸인 벨은 학구적이고 어여쁜 소녀이다. 그녀는 아직 공주는 아니지만, 미모와 순수한 마음, 그리고 중요하게도 순결함을 갖추고 있어 공주가 될 자질(?)은 충분해 보인다. 벨은 첫 등장 장면에서부터 긴 소매에 단추가 단정히 채워진 블라우스와 긴 치마에 앞치마를 두르고 책을 읽는 아주 정숙한 모습이다. 이런 그녀에게 마을에서 가장 건장한 사내인 가스통이 치근덕거린다. 그는 마을에서 최고의 신랑감이고 세 명의 금발 소녀가 가는 곳마다 그를 쫓아 다닐 정도로 인기가 높지만 벨에게는 그저 상스러운 남자일 뿐이다. 벨은 가스통이 자신을 갈망하지만, 그것이 그녀를 사랑하기 때문이 아니라, 자신의 남성성을 만족시키기 위한 전리품을 찾고 있을 뿐이라는 것을 간파하고 있다. 가스통은 백설공주 같은 약간 모자랄 정도로 순진한 공주의 시대에나 통할 만한 남성형인 것이다. 그러나 '미녀와 야수'가 백설공주에서 완전히 벗어나 있는 것은 아니다. 벨이 야수를 사랑하는 이유는 야수의 영혼 때문이다. 외모로 남을 평가한 죄로 저주를 받은 야수는 공격적이고 신랄하기는 하지만 그만큼 내면의 깊이를 가지게 되었고, 이것이 외모와 성적 욕망이 배제된 상황에서도 야수와 벨 사이에 사랑이 싹틀 수 있는 조건이 된다. '미녀와 야수'는 이렇듯 아주 정숙한 영화이다(바로 이 점이 보수적인 아카데미 심사위원들의 눈길을 끌었는지도 모르겠다). 이 영화가 정숙하다는 것을 상징적으로 나타나는 것이 영화에 등장하는 벨의 옷차림이다. 벨은 처음부터 끝까지 의도적으로 성적매력이 배제된 아주 정숙한 옷만을 입고 등장한다. 벨의 의상이 그나마 섹시하게 보이는 순간은 모자가 달린 빨간 망토를 두르고 늑대의 공격을 받는 장면이다. 그녀의 눈은 두려움에 커다래지고 머리카락은 마구 풀어 헤쳐진다. 이 장면은 동화 '빨간모자 아가씨'를 연상시키기도 한다. 늑대가 젊고 순수한 처녀를 공격하는 이미지는 항상 강간이라는 주제를 떠올리게 한다. 바로 이 위기에서 그녀를 구해준 것이 야수였고, 다행히도 그녀의 순결이 지켜졌기 때문에 영화는 진행될 수 있다. 그녀가 아직 공주가 될 자격을 잃지 않았기 때문이다.

알라딘 (1992)

'알라딘'은 '뮬란'처럼 우리가 쓰고 있는 가면에 관한 이야기이자 사회적 의무와 부모님이 아니라 자기 자신의 마음을 따르는 것이 무엇보다 중요함을 보여주는 이야기이다. 영화의 주인공 알라딘은 하층민이며, 시장에서 도둑질을 일삼고 늘 쫓겨다니는 '거리의 생쥐' 같은 인물로 등장한다. 그러던 어느 날 그는 우연히 거리에서 본 아름다운 자스민 공주에게 첫눈에 반한다. 마법의 램프를 발견했을 때 그가 램프의 요정 지니에게 맨 처음 말한 소원은 자스민 공주에게 걸맞는 왕자가 되고 싶다는 것이었다. 지니는 알라딘에게 왕자의 재력과 옷을 주지만, 그것은 단지 가면일 뿐이다. 아무리 램프의 요정이라 하더라도 인간의 '본질' 혹은 정신을 바꿀 수 없기 때문이다. 지니는 말한다. "알라딘, 너는 너 자신이 되어야 해."

한편 자스민은 부유한 특권층이다. 하지만 그녀는 자신의 부와 특권에 대한 대가로 사적인 자유를 포기해야 한다는 사실에 갑갑해 한다. 그녀는 말한다. "나는 스스로 뭔가를 해 본 적이 없어. 이 궁전 밖으로 나가본 적도 없다구!" 더구나 그녀는 남편감을 고르는 데 있어서조차 자신의 의견이 반영되지 않는다는 사실에 분노하면서 궁전에서 도망치기로 한다. 하층민 여자의 가면을 쓰고 궁전에서 빠져나온 그녀는 그렇게 그녀의 진실한 사랑, 알라딘을 처음 만난다. 공주라는 그녀의 신분은 곧 밝혀지지만 평민으로 가장해 궁전에서 도망 나오지 않았다면 그녀는 처음부터 알라딘을 만날 수조차 없었을 것이다. 마찬가지로 알라딘이 왕자로 가장해 궁전에 들어가지 않았다면 자스민을 다시는 만날 수 없었을 것이다. 이렇듯 디즈니의 애니메이션에서 신분의 가면은 스토리를 이어나가는 효과적인 수단이자 주인공들이 자신의 마음을 따라가게 하는 중요한 도구로 사용된다.

그런데 모든 공주가 자스민처럼 자신이 속한 군주제라는 제도가 정한 의례가 아니라 그저 '마음의 소리'를 듣고 따른다면 군주제는 지속될 수 있을까? 자스민과 알라딘이 결혼을 하고 나서 자유로운 삶을 위해 왕과 왕비가 되기를 거부한다면? 아니면 많이 양보해서, 결혼 기념으로 마법의 양탄자를 타고 2, 3년 배낭 여행이라도 다녀온 뒤에 통치를 시작하겠다고 한다면 그 나라는 어떻게 되겠는가? 이제는 독립적이고 자유로운 여성이 주로 등장하는 디즈니의 애니메이션에서 공주 캐릭터의 기반이 되는 군주제는 심각한 위기를 맞고 있다. 이렇게 볼 때, '알라딘'이 공주를 여주인공으로 한 디즈니의 마지막 작품들 중 하나라는 점은 적절하다. 뒤이어 나오는 포카혼타스가 추장의 딸이니 역시 '공주'로 생각될 수 있겠지만 그녀는 처음부터 백성들에게서 멀리 떨어진 궁전에서 온실 속의 화초처럼 사는 캐릭터는 아니다. 그녀는 부족 사람들과 함께 일하며 매일 그들을 만나고, 그들과 함께하는 동등한 존재로 묘사된다. 그리고 '아틀란티스: 잃어버린 제국'의 키다 공주가 과거의 영광 속에서 무너져가는 왕국의 공주라는 설정도 우연이 아닐 것이다. 디즈니의 군주제는 그렇게 몰락하는 중이다.

포카혼타스 (1995)

포카혼타스는 지금은 버지니아로 불리는 숲 속에서 살았던 인디언 추장의 딸이다. 맨발로 숲 속을 뛰어다니는 그녀의 외모는 이전 영화의 세 공주와는 사뭇 다르지만 그녀가 자유로운 영혼을 가졌고 이 때문에 힘겨운 운명과 맞닥뜨리게 된다는 점은 그들과 다르지 않다. 영화 도입부에서 늙은 점쟁이가 그녀에 대해 말한다. "바람이 부는 곳이면 어디든 간답니다."

그녀는 섹시하지만 무뚝뚝한 성격의 부족 전사 코쿰과의 결혼을 앞두고 오히려 원주민의 땅을 정복하고 황금을 찾으러 부하들을 이끌고 온 존 스미스라는 영국인과 사랑에 빠진다. 그녀는 부족민들에 대한 의무와 존 스미스에 대한 사랑 사이에서 갈등한다. 결국 포카혼타스는 코쿰과 결혼하는 대신 그녀의 마음이 흐르는 대로 존 스미스를 택하지만 그것이 부족민에 대한 배반으로 귀결되지는 않는다. 영화 마지막에 스미스는 부상을 치료하러 영국으로 돌아가고 포카혼타스는 부족민들과 함께 남는다. 하지만 이것 또한 그녀의 마음이 시킨 일이다. 누군가가 강요했기 때문에 남은 것이 아닌 것이다. 한편, 이런 그녀의 결정은 앞서의 세 작품에서는 그 흔적이 보이지 않는 종교가 중요한 역할을 한다. 혼란과 갈등에 빠진 포카혼타스는 '버드나무 할머니'에게 조언을 구한다. "그 길이란 게 뭐죠?" 그녀가 묻는다. "어떻게 알 수 있어요?" 버드나무 할머니는 이렇게 대답한다. "들어봐라. 널 둘러싸고 있는 영혼을." 인디언의 종교에서 '영혼'은 사람에게만 존재하는 것이 아니라 모든 생명체에 깃들어 있는 것이다. "시작도 끝도 없는 동그라미 같이 우린 서로 밀접한 관계에 있어요." 포카혼타스가 이렇게 노래하며 자신의 마음을 추슬러 나간다. 즉 앞서의 세 작품은 인간의 영혼은 다른 모든 것과 별개로 각자의 내면에만 있는 것이라고 하는 반면 '포카혼타스'의 세계에서는 인간의 영혼이 나뿐만 아니라 다른 모든 생명체와 서로 연결되어 깃들어 있는 것이다.

그 어느 경우든 우리는 디즈니의 공주들처럼 세상에서 우리의 위치를, 그리고 행복을 찾기 위해 그 영혼에 귀 기울여야 한다. 그러나 만약 길을 찾지 못한다 해도, 그리 조급해할 일은 아니다. 포와탄 추장의 말처럼 '우리의 길이 이미 결정되어 있을 때도 있으니까…'

1996~1999: 클린턴 시대의 여성

노틀담의 꼽추 (1996)

이제 공주의 시대는 갔다. 이 분류에 속한 4개의 영화 주인공들은 모두 공주가 아니다. 우선 매력적인 여주인공 에스메랄다가 등장하는 '노틀담의 꼽추'를 살펴보자. 이 영화는 꼽추로 태어나 파리의 노틀담 성당에서 파시스트 행정관 프롤로의 손에 자란 콰지모도의 이야기이다. 콰지모도는 자신을 보호하고 있는 성벽 밖 세계를 맛보고 싶어한다. 그래서 매년 열리는 만우제 축제 때 북적거리는 군중 속으로 몰래 들어간다(마치 '알라딘'의 자스민처럼). 그리고 에스메랄다를 보고는 한 눈에 반한다.

에스메랄다는 젊고 아름다운 집시다. 파리의 거리에서 춤을 추며 돈을 버는 그녀는 20대 중·후반으로 보이는데, 수염을 기른 거친 남자들과 스스럼 없이 어울린다. 그런 그녀가 처녀라고 생각하기는 어렵다. 그녀는 디즈니 애니메이션에서 처음으로 등장하는 처녀가 아닌 여주인공인 것이다! 이는 디즈니 애니메이션에서 여성 인물 묘사의 아주 흥미로운 발전상을 보여준다. 그리고 이는 돌이킬 수 없는 변화이다. 이제 '착하고 아름다운 여성'이 반드시 처녀라는 것을 의미하지는 않는 것이다. 착하다는 것은 처녀성과는 상관없이 옳은 일을 한다는 뜻이고, 친구들이 어려움에 처했을 때 돕는다는 뜻이며, 당연히 마음을 따른다는 뜻이다. 순수와 순결은 더 이상 동의어가 아니다. 여성은 원한다면 자신의 성적 매력을 표현할 수 있다.

그래서 '노틀담의 꼽추'는 아주 성적인 영화이다. '미녀와 야수'의 정숙함과는 극명한 대조를 이룬다. 타락하고 냉소적인 파시스트 프롤로는 에스메랄다의 육체를 탐한다. 어느 장면에서 그는 에스메랄다가 옷을 거의 걸치지 않은 채 불 속에서 춤을 추며 몸부림치는 모습을 상상한다. 이는 그의 욕정을 상징한다. 한편 에스메랄다는 '미녀와 야수'의 벨이 야수(왕자로 변하기 전)와 사랑에 빠진 것과는 달리 콰지모도와 사랑에 빠지지 않는다. 그녀는 콰지모도의 순수하고 고운 마음은 좋아하지만 그에게서 전혀 성적 매력을 느끼지 못한다. 그녀에게 육체적 매력은 마음씨 못지 않게 중요하다. 그래서 그녀는 착한 마음과 매력적인 육체를 모두 가진 근위대장 피버스에게 끌린다. 피버스는 디즈니 영화에 전통적으로 등장하는 섹시한 남자 주인공의 전형이다. 그들이 추는 자유분방하고 성적매력이 풍기는 춤은 '미녀와 야수'에 등장하는 정숙한 사교댄스와는 확연히 구분된다. '노틀담의 꼽추'는 또한 여러 면에서 어두운 영화이기도 하다. 지옥과 파멸의 상징이 등장하며, 프롤로는 자신의 욕정을 악마의 탓으로 돌린다. 프롤로는 집을 불태우고 감금하는 등 집시를 박해하며 그들의 삶을 전혀 존중하지 않는데, 이는 홀로코스트를 떠올리게 한다. 디즈니 영화가 악당의 무시무시한 면모를 강조하기 위해 나치 독일의 이미지를 차용한 것은 이 영화가 처음은 아니다. '라이온 킹'에서 군대식 행군을 하는 자칼은 1935년작 나치 선전 영화 '의지의 승리'에 나오는 병사들의 행군과 비슷하다.

헤라클레스 (1997)

뮬란이 남성성과 여성성 사이에서 정체성의 혼란을 느꼈다면 헤라클레스는 인간과 신 사이에서 정체성의 혼란을 느끼는 인물이다. 그는 그리스 신 제우스의 아들로 엄청난 힘을 가졌지만 지하의 신 하데스 때문에 인간의 몸으로 인간 세상에 머물게 된다. 그러다가 10대에 접어 들어 자신이 신의 아들임을 알게 되고 결국 아버지 제우스와 만나게 된다. 제우스는 만약 헤라클레스가 진정한 영웅이 되면 다시 신이 될 수 있다고 이야기해주고, 헤라클레스는 영웅이 되기 위해 유명한 영웅 조련사 필록테테스에게 훈련을 받는다. 훈련이 끝나자 헤라클레스는 영웅의 창호를 받을 만한 진정한 도전을 원하고, 곧 도전을 찾아낸다. 여기서 주목할 만한 여성 캐릭터가 등장한다. 헤라클레스는 용이 한 여자를 붙잡고 위협하고 있는 모습을 발견하는데 그녀가 바로 메가라이다.

헤라클레스: (괴물에게) 실례합니다. 선…생님, 아가…씨를 풀어 주시죠!

메가라: 그냥 가세요.

헤라클레스: 하지만 아가씨.

코메디 영화답게 이 장면은 무척 재미있다. 헤라클레스가 '아가씨'라고 말하며 조금 머뭇거리는 것이다. 전통적으로 용은 처녀들을 납치하고 메가라가 그런 설정에 놓인 인물이지만 그녀는 다소 나이가 들어 보이고 냉소적이며 세상에 찌든 모습이기 때문이다. 그래서 헤라클레스가 메가라에게 곤경에 빠진 미인이 아니냐고 재차 묻자, 그녀는 무시하는 투로 이렇게 대답한다. "나는 미인이고 곤경에 빠져 있긴 하지만 도움은 필요 없어요. 그냥 돌아가세요." 사실 메가라는 헤라클레스가 영웅이 되는 것을 방해하려는 지하의 신 하데스가 보낸 첩자였다. 그녀는 죽은 남자친구를 다시 살리기 위해 하데스에게 영혼을 팔았지만 다시 살아난 남자친구가 그녀를 배신하고 다른 여자와 함께 떠나버리는 바람에 영혼도 빼앗기고 마음도 무너진 산전수전 다 겪은 인물인 것이다. 이런 메가라의 냉소주의와 못된 옛 남자친구에 대한 원망은 재미있으면서도 현실적이다. 한 장면에서 하데스가 헤라클레스를 잡아오라고 하자, 그녀는 이렇게 말한다. "남자 얘긴 하지도 마세요." 또 다른 장면에서는 이렇게 빈정댄다. "남자가 어떤지 아시잖아요. '싫어'라고 하면 '좋아'라고 알아듣고, '꺼져버려'라고 하면 '난 네 거야'라고 알아 듣는다구요." 사실 메가라는 디즈니 영화에 등장하는 다른 어떤 여성보다도 훨씬 더 복잡하고 흥미로운 캐릭터이며 동시에 성적으로 아주 매력적이다. 숫총각인 헤라클레스는 그런 노련한 메가라에게 점점 매혹된다. 이 얼마나 멋진 역전인가! 이는 페미니즘으로 인해 여성을 보는 남성의 시각이 바뀌었다는 사실과 '헤라클레스'를 만든 제작자들이 아주 기술적이라는 사실을 보여준다. 헤라클레스는 결국 영웅이 되어 신이 될 수 있었지만 디즈니의 다른 공주들처럼 사랑을 택하고 신이 되는 대신 인간 세계에서 메가라와 함께 늙어가고 싶어한다.

타-잔(1999)

'타잔'은 역사상 가장 성적으로 보수적인 시대였던 빅토리아 시대를 배경으로 하고 있다. '빅토리안(Victorian)'이라는 말은 사실 극도의 성적 보수성과 동의어로 쓰인다. "누워서 영국 생각만 해라!(Lie back and think of England!)"라는 표현이 있는데 이는 빅토리아 시대, 혹은 1차 대전 이전의 영국의 점잔 빼는 여자들에게서 유래한 표현으로 여성에게 섹스는 스스로 즐기기 위해서가 아니라 남편을 즐겁게 해주고, 그럼으로써 대영제국을 강하게 유지하기 위한 행위였음을 나타내고 있다. 이런 빅토리아 시대의 전형적인 여성인 영국의 박물학자 제인 포터는 몸매의 곡선을 가리는 긴 드레스에, 머리카락을 꽁꽁 싸매는 모자를 눌러쓴 채 아프리카로 향한다. 고릴라를 연구하러 간 그곳에서 그녀는 고릴라의 손에 길러진, 문명세계의 인간이 사는 법을 알지 못하는 짐승과 다를 바 없는 타잔을 만난다. 자신과는 전혀 상반되는 그런 존재 앞에서 제인은 다른 디즈니의 여성들이 그렇듯이 한눈에 사랑에 빠진다. 그리고 타잔에 대한 그녀의 매혹과 사랑이 점점 커지는 것과 동시에 그녀의 옷차림도 점점 달라진다. 그녀의 옷차림은 영화에서 크게 3번 달라진다. 처음에 그녀는 긴 소매 블라우스에 물결치는 듯한 긴스커트, 부츠와 모자, 그리고 한 손에는 양산을 든 전형적인 빅토리아 시대의 여인 차림을 하고 있다. 그러다가 비비들에게 추격을 당하면서 그녀는 부츠 한쪽과 모자를 잃어버린다. 간신히 추격을 벗어나 나뭇가지 위에서 타잔과 한숨을 돌리는 장면에서 처음으로 그녀의 머리카락이 자유롭게 흩날리고, 이 사건 뒤로 그녀는 한동안 윗 단추 두 개를 풀어 헤친 짧은 소매 블라우스를 입고 등장한다. 그리고 런던으로 돌아가는 대신 타잔과 함께 정글에 머물기로 결정한 마지막 장면에서 그녀는 탱크 탑과 허리에 헝겊 조각만 두른, 쉽게 말해 비키니 차림이 된다. 그렇게 그녀는 맨발로 머리를 풀어헤친 채 타잔처럼 나무 사이를 휘젓고 다닌다. 제인이 천천히, 그리고 꾸준히 맨살을 드러내는 과정은 그녀가 성에 눈뜨는 과정을 매우 상징적으로 보여준다. 영화가 진행됨에 따라 순결과 여성스러움이라는 빅토리아 시대의 가면은 벗겨지고, 그녀는 점점 아름답고 자신감 넘치고 섹시한 여성이 되어간다. '타잔'은 주제면에서나 등장인물의 캐릭터에 있어서나, 그 동안 디즈니에게 상업적인 성공을 안겨준 여러 가지 요소들이 집약되어 있는 영화이다. 주로 어머니가 생략된 채 등장하는 여주인공, 그리고 금지된 사랑의 대상, 현명한 조언을 해주는 수염 난 노인('타잔'에서는 고릴라 추장 커척이 이 역할을 맡는다) 등등… 이로써 디즈니를 이끌었던 이야기의 힘은 완성됨과 동시에 소진되어 갈 수밖에 없었고 그들은 또 다른 방향을 모색해야만 했다.

2000~2002: 디즈니의 몰락

21세기를 맞아 디즈니에서 처음 개봉된 '쿠스코? 쿠스코!'(2000)는 6년이라는 제작기간 동안 여러 가지 우여곡절을 겪었다. 줄거리가 마음에 들지 않는다는 이유로 디즈니의 중역들이 제작을 중단시키기도 했고 그 와중에 감독이 바뀌면서 스토리와 분위기가 수차례 수정되기도 했다. 이렇게 혼란스러운 '쿠스코? 쿠스코!'의 제작 과정은, 새로운 시대에 적응하지 못하고 갈팡질팡하던 디즈니의 혼란과 당시부터 점차 진행되던 디즈니의 몰락을 은유적으로 보여준다. 이후 개봉한 '아틀란티스: 잃어버린 제국'(2001), '릴로와 스티치'(2002), '보물성'(2002) 등도 디즈니의 영광을 되살려내지는 못했다. 그나마 '릴로와 스티치'가 무난한 흥행을 기록하며 체면치레를 했는데 아마도 이 영화에 등장하는 아주 현실적인 두 자매가 사람들의 공감을 이끌어냈기 때문일 것이다. 부모가 없는 주인공 릴로는 언니인 나니의 보살핌을 받고 있다. 나니는 젊고 매력적이지만 엄마와 언니라는 두 역할을 하기 위해 하루하루를 정신 없이 살기 때문에 남자친구 데이빗과 사랑을 나눌 여유조차 좀처럼 생기지 않는다. 그런 그녀는 동화 속이 아니라 우리 주변에서 어머니로서, 아내로서, 직장인으로서, 바쁘게 살아가는 여성의 모습 그대로이다. 릴로 역시 아주 사실적인 캐릭터다. 현실 세계에서는 어린 소녀라도 성인이 느끼는 웬만한 감정은 다 느낄 줄 안다. 릴로는 언니의 남자 친구 데이빗에게 말한다. "걱정 말아요. 언니는 당신의 엉덩이와 환상적인 머리칼을 좋아한다구요. 난 알아요. 언니의 일기를 읽었거든요." 나이에 맞춰 순진무구하기만 한 캐릭터는 더 이상 재미가 없다. 릴로처럼 언니의 일기도 훔쳐보고 남녀가 느끼는 성적 매력도 어느 정도는 인식하고 있는 것이 더 현실과 가까운 캐릭터일 것이다. 이런 신선한 주인공들과 새로운 이야기에 대한 지속적인 탐구만이, 비현실적이고 왜곡된 '공주의 왕국'이라는 디즈니의 오명을 씻을 수 있는 해법이었음에도 불구하고 디즈니는 다소 엉뚱한 해결책을 찾는다.

2003~현재: 2D의 종말

'보물성' 이후 디즈니는 동물을 주인공으로 한 두 작품, '브라더 베어'(2003)와 '카우 삼총사'(2004)를 내놓았지만 역시 둘 다 흥행에서 참패한다. 그러자 디즈니는 관객들이 '슈렉'이나 '니모를 찾아서' 같은 3D 애니메이션을 선호하는 것이 자신들의 부진의 원인이라고 결론내리고는 2D 사업부를 잠정적으로 폐쇄한다(2009년 2D 애니메이션 '공주와 개구리'가 반짝 등장하기는 했다). 3D 애니메이션 중심으로 가는 추세는 슬프다. 사실 3D는 사람을 묘사하는 데는 별로 적합하지 않다. 지금까지의 모든 스튜디오에서 제작된 3D 애니메이션은 대부분 동물, 차, 장난감, 혹은 물고기 등이 주인공이었다. 현실적으로 묘사된 인간 캐릭터가 나오는 3D 영화 '파이널 환타지'와 '폴라 익스프레스'는 분명히 아주 인상적인 작품이긴 하지만 캐릭터는 기껏해야 어색하고, 어떤 경우에는 소름 끼칠 정도다. 이런 현상을 설명하는 '불쾌한 골짜기(uncanny valley)'라는 흥미로운 이론이 있다. 제작 기술의 발달로 인형이나 3D 애니메이션 캐릭터가 진짜 인간과 비슷해지면 비슷해질 수록, 도리어 우리는 그것이 인간이 아니라고 더욱 강하게 느낀다는 것이다. 너무 정교하게 만들어진 단백질 인형을 보면 왠지 영혼이 빠져버린 사람을 보는 것 같아 으스스하게 느껴지는 것도 이와 같은 이유이다. 그 반대로 만화가 단순하면 단순할 수록 우리는 우리와의 유사성을 느끼고 더 친숙하게 느낀다. 이런 이유로 사물이나 동물을 의인화한 내용이 아닌 사람을 주인공으로 하는 3D 애니메이션은 앞으로도 성공할 가능성이 희박하다는 것이 나의 판단이다. 이런 점에서 2D 애니메이션의 표현 영역을 더욱 다양하게 실험하고 있는 제패니매이션의 판단이 더욱 영리하게 느껴진다.

"우리 성생활에 뭐가 문제야?
우선은 말이지, 네가 해 주는 입서비스는 완전 꽝이야!"

마크, 삽화와 시놉시스 잘 받았어요. 맞아요. '리어왕'은 딱 우리 타입이에요. (처녀 공주에 늙은 왕, 섹시한 왕자가 나오잖아요?) 등장인물을 모두 흑인으로 한 것도 맘에 들어요. 하지만 원고를 조금 바꿔야겠어요. 코델리아는 죽이면 안 되요. 그리고 그 눈 파내는 장면은 절대 안되겠어요. 코델리아를 결혼시키지 말고 프랑스의 왕은 말하는 개나 그 비슷한 걸로 변하게 하든지 해야겠어요. 그리고 물론 좋은 노래도 필요하구요! 어쨌든 정말 맘에 들어요! -디즈니의 마이크로부터

9

성애화와 브랏츠 인형

브랏츠 인형

애들이 커졌어요!

여러 서구권 국가들에서, 특히 영국에서는 최근 사춘기 이전 소녀들의 '성애화(sexualization)[1]'에 대한 우려의 목소리가 높아져가고 있다. 다음은 그 예이다.

영국의 한 간호사는 어린 소녀를 성애화하는 옷을 파는 상점을 보이콧해야 한다고 주장했다. 번화가 상점에서 6살 밖에 되지 않은 어린 아이들을 대상으로 하이힐과 레이스 달린 속옷, 미니스커트, 튜브 탑을 판매하는 것이 말이 되느냐는 것이다. 이렇듯 최근 들어 시가지의 수많은 패션숍이 어린 소녀들을 성애화한다는 원성을 사고 있다. 이러한 추세 때문에 영국에서 10대 임신이 급증한다는 것이다.

---

1 'sexualization' 이란 단어는 아직 한국어로의 번역이 통일되어 있지 않은 것 같다. '성 사회화', '성 감각화', '성애화' 등으로 번역되고 있는데 그 의미는 한 사람의 가치가 다른 특성은 배제된 채 오로지 성적인 호소나 행동으로만 평가되는 것을 말한다.

공식 통계에 따르면 14세 이하 소녀들의 임신 중절 건수가 최초로 연간 1천 건을 넘어섰다. 왕립 간호대학의 산드라 제임스는 어린 소녀들의 생활 전반이 사회에 널리 퍼진 성 문화에 영향을 받고 있다고 했다. 이 때문에 어린 소녀들이 아직은 섹스를 거부해야 한다는 너무도 당연한 메시지가 잡지, 패션 트렌드, 팝 아이콘의 모습에 의해 압도되어 묻혀지고 있다는 것이다. 산드라 제임스는 상점에서 어린 소녀들을 대상으로 판매되는 아주 야한 옷을 보면 경각심이 느껴진다며 다음과 같이 말하고 있다.

"아주 어린 소녀들을 성애화하는 추세가 조금씩 퍼져나가고 있는 거예요. 정말 끔찍한 일이죠."[2]

사춘기 이전 소녀들은 분명히 아직 성생활을 할 준비가 되어 있지 않다. 사람들은 이들을 아동성도착자로부터 최대한 보호하려 한다. 하지만 어린 소녀들은 사실 아름다운 여성처럼 옷을 차려 입는 것을 좋아한다. 이는 본능적인 것이다. 엄마 몰래 화장을 한다든가 엄마 흉내를 내는 아이들을 우리는 흔히 볼 수 있으니까... 보수적인 페미니스트라면 그러한 '여성성'은 절대로 자연스러운 것이 아니라고 할 것이다. 그것은 가부장제가 만들어낸 사회적 가면에 불과하며, 여성을 성적으로 억압하려는 의도라고 주장하면서 말이다.

---

2 영국 일간지 데일리메일(Daily Mail) 2005년 9월 22일자에 실린 션 폴터(Sean Poulter)의 기사 중 일부 발췌.

성인이 되기 전이라도 일정한 나이가 지난 청소년들은 신체적으로 섹스를 할 수 있고, 실제로 하기도 한다. 위에서 언급한 10대 임신중절 통계치가 말해 주듯 말이다. 대부분의 서양 국가에서 여자가 정신적으로 육체적으로 섹스를 할 만큼 성숙했다고 생각되는 나이, 소위 '승낙 연령(age of consent)'은 보통 16세에서 18세 사이이다. 이 정도 나이가 된 사춘기 소녀들이 성에 대해 관심을 갖고 소년들을 매료시킬 섹시한 옷을 입기를 원한다는 것은 이해할 수 있는 일이다. 그들의 몸은 이미 2차 성징이 뚜렷해진다. 이는 그들이 육체적으로 아이를 가질 준비가 되었다는 신호이다. 이런 아이들에게 어떻게 하면 올바른 성가치관을 심어줄까 하는 성교육의 문제는 아주 오래 전부터 있어왔다.

하지만 요즘의 추세는 사춘기 이전 소녀들, 즉 10살도 채 되지 않은 어린 아이들에게까지 성애화가 진행되고 있다. 아무리 성숙도가 빠르다 해도 아직 어린 아이들이 하이힐과 레이스 달린 속옷, 만화 주인공이 그려진 뽕 브라[3]를 사달라고 조르는 이유는 무엇일까?

영국에서 벌어진 또 한 가지 사건을 살펴보자. 영국 최대 유통업체에서 운영하는 웹사이트의 완구 및 게임 섹션

---

3 2003년 3월 26일 BBC 뉴스 웹사이트에 의하면 '작은 난봉꾼 양(Little Miss Naughty)'이라는 만화 캐릭터를 내세운 여성 속옷 브랜드가 인기리에 판매되고 있다고 한다. 사이즈는 패드를 덧댄 아주 어린 소녀용에서부터 성인 여성용까지 다양한데, 성인 여성이 만화 캐릭터가 그려진 속옷에 열광하는 것은 유아기적 퇴행현상이라는 측면에서 고찰해볼 수 있을 것이다. 분명 그렇게 부추기는 문화가 사회 전반에 퍼지고 있기 때문이다. (http://news.bbc.co.uk/1/hi/england/2887483.stm 참조)

에 '섹시 봉춤 키트'가 등장했다. 데일리 메일 지에 따르
면 '피카부 봉춤 키트(The Peekaboo pole-dancing kit)'라
는 이 상품은 2.6미터짜리 크롬 봉과 '자신 안의 섹스 키튼
(sex kitten, 성적으로 매력 있는 아가씨)을 일깨우기' 위한
'섹시 가터(sexy garter, 처녀성의 상징으로 신부들이 신는
양말)', 유혹적인 춤 동작을 보여주는 DVD로 구성되어 있
었고 광고카피는 다음과 같았다.

> "섹시함을 세상에 과시하고 엄청난 피카부 댄스 달러를 버세요."

> "자신 안의 섹스 키튼을 일깨우세요! 튜브 안의 피카부 봉을 길
> 게 늘이고 섹시한 음악에 몸을 맡겨요!"

뉴스 보도에 따르면 4~6세 아동들 용품들 속에서 50파
운드에 판매되고 있는 봉춤 키트는 가족 보호 운동가들의
강력한 비난을 불러일으켰고 패밀리 퍼스트 그룹의 아드
리안 로저스 박사는 "이는 아주 어린 아이들이 성적인 행
동을 하도록 공공연히 유인하는 것이다."라고 말하며 그것
이 '어린이의 삶을 파괴할' 것이라고 우려를 표명했다. 그
러나 봉춤이 남근을 상징하면서 음침한 스트립 바에서 추
던 춤이라는 사실은 희미해지고 댄스 수업 시간에 정규과
목으로 배우는 일종의 운동처럼 인식되고 있어서 였을까?
봉춤 키트를 팔던 유통업체가 자신들의 실수를 깨닫고(?)
제품을 완구 및 게임 섹션에서 피트니스 섹션으로 옮기는
것으로 논란은 마무리됐다.

이렇듯 우리는 어린 소녀들이 하이힐을 신고 립글로스를 바르는 세상에서 살고 있으며, 그 배후에는 사춘기 이전 소녀들을 성애화하려 하는 두 가지 거대한 힘이 존재한다는 사실을 부인할 수 없게 됐다. 하나는 자유시장경제이고 다른 하나는 가부장제 질서이다. 자유시장의 목표는 여성을 상품화하는 것이고 가부장제의 목표는 여성을 억압하는 것이다.

어쩌면 그 힘들을 대변하는 사람들은 섹시해 보이고 싶은 욕망은 여성들의 본능이며 그것이 발현되는 나이가 예전보다 조금 더 어려진 것이라고 변호할 수도 있다. 이에 대해 페미니스트들은 그러한 충동이 사춘기 이전까지는 존재할 수 없으며 아니면 그런 욕망 자체가 진화와 생물학과는 아무런 연관이 없는 사회적인 편견에 의한 것이고 어린 소녀를 성애화하는 것이 나이 어린 여자에게 억압적인 성 역할을 지우는 가부장제의 방식일 뿐이라고 반박할 것이다. 그러나 이런 논란과 상관없이 자유경제 시장에서 도덕적, 윤리적, 사회적 기준이 영원히 계속되는 이유 추구와 잘 조화되지 않는 경우가 어디 새삼스러운 일인가? 자유경제 시장은 이윤을 위해 거의 모든 것을 이용한다. 아주 어린 소녀라고 거기서 예외가 될 수는 없는 것이다.

그럼 자유시장경제가 내놓은 성애화 상품들을 좀더 살펴보자. 2001년 호주에서는 14살 된 가수 니키 웹스터(Nikki Webster)가 선풍적인 인기를 끌었다. 그녀의 대표

곡 '스트로베리 키시스(Strawberry Kisses)'의 뮤직 비디오에서 니키 웹스터는 짙은 화장에 아직 밋밋한 가슴을 핑크색 튜브 탑으로 가리고 검은 가죽 옷에 하이힐을 신고 선정적인 춤을 추었다. 당시에는 무척 쇼킹했던 이런 컨셉에 대한 비난이 조금 있는가 싶더니 돈이 된다는 사실을 깨달은 음반업계에서 그 뒤로 비슷한 컨셉의 가수들을 하도 많이 생산해내는 바람에 사람들도 이제는 면역이 되었는지 그게 뭐 대수냐는 식이 되어버렸다.

그런가 하면 지금 어린 소녀들 사이에서 가장 잘 나가는 패션 인형인 브랏츠(Bratz)도 있다. 브랏츠는 2001년에 처음 출시된 이래 무서운 기세로 대성공을 거두었고, 오랫동안 최고의 패션 인형 자리를 고수했던 바비보다 더 성공한 인형이 되었다. 바비 인형이 실제 사람으로서는 불가능한 늘씬한 신체 비율을 강조한 것과는 달리 브랏츠는 허리와 몸통은 막대기처럼 가늘고 머리와 발은 상대적으로 크다. 그리고 눈은 아주 크고 마스카라와 아이섀도우를 칠해놓았으며 고양이처럼 보이게 치켜 올라가 있다. 코는 앙증맞을 정도로 작게 표현된 것이 특징이다. 하지만 브랏츠에서 가장 두드러진 특징은 입술이다. 하나같이 거대하고 붉고 촉촉하다(마치 안젤리나 졸리처럼). 여성에 있어 관능적이고 붉은 입술은 강력하고 원시적인 성적 표현이다. 촉촉하고 부풀어오른 붉은 입술은 성적 흥분을 느끼는 여성의 외음부를 연상시키며 이는 언어와 옷과 건물이 존재하기 전, 인간의 진화 과정에 깊이 뿌리박힌 아주 원시적인 상징이다.

커다랗고 붉은 입술만이 브랏츠의 유일한 성적 표식은 아니다. 그들이 걸친 옷은 대부분 얌전하고 정숙한 것과는 거리가 멀다. 브랏츠는 언제나 최신 유행하는 옷으로 바꿔 입는다. 니키 웹스터에서 데스티니스 차일드로, 그리고 패리스 힐튼의 옷으로 말이다. 2004년에 브랏츠 인형을 캐릭터화해서 제작한 애니메이션 '브랏츠'에는 클로이, 사샤, 야스민, 제이드라는 네 명의 주인공이 등장한다. 그들은 모두 똑 같이 큰 머리와 큰 눈, 있는 둥 없는 둥 한 코, 그리고 도톰한 입술을 하고 있다. 그래서 그들을 구분해낼 수 있는 유일한 특징은 헤어스타일과와 패션뿐이다. 그리고 그에 걸맞게 그들의 일차적인 관심은 언제나 외모이다. 금발인 클로이는 자기 주장이 아주 강하고 학생회장이 되고 싶어하는데, 그녀의 선거공약이란 여자 화장실에 거울을 더 많이 놓는다는 것이다. 얼핏 보면 '브랏츠'의 주인공들은 미국의 애니메이션 '다리아(1997~2002)'에 나오는 론데일 고등학교 '패션 클럽'의 네 인물과 닮은 것 같기도 하다. 패션클럽의 일원인 샌디, 티파니, 스테이시, 퀸 역시도 허영이 심하고 외모에만 신경 쓰는 인물들이다. 그러나 영리하고 예리한 애니메이션 '다리아'가 그들을 은밀하고 조롱하고 풍자하는 것과 반대로 '브랏츠'는 외모와 패션이 여자가 누릴 수 있는 세상의 전부인양 부추기고 있다.

여자 아이들이 그들만을 위한 것을 가지지 말아야 할 이유는 없다. 남자 아이들이 스포츠에 열광하듯이 여자 아이들이 자신의 외모를 아름답게 가꾸는 데 관심을 가지며 그것으로써 자신의 개성을 표현하는 것은 전혀 이상한 일이 아니다(전통적인 페미니스트들은 이마저도 부정하겠지만). 그러나 가수 핑크(Pink)가 '스투피드 걸스(Stupid Girls)'란 노래와 뮤직비디오에서 거세게 비판하듯이 쇼핑 중독에 파티광이며 머리는 비어있고 인터넷에 섹스 비디오를 유출시키는 패리스 힐튼, 제시카 심슨, 린지 로한 등이 왜 소녀들의 우상이 되어야 하는지는 모를 일이다. 이렇게 외모와 패션에 대한 욕망이 다채로운 삶의 일부일 뿐이라는 균형 잡힌 가치관을 형성하기에는 너무도 어린 소녀들을 대상으로 '브랏츠'와 같은 상품들은 계속해서 쏟아져 나오고 있다.

나는 이 모든 것 뒤에 가부장적인 자본주의의 음모가 도

화장, 패션, 섹시한 춤, 브랏츠는 이 모든 것이 조합된 상품이다.

사리고 있다고 생각한다. 문득 이것을 상징적으로 보여주는 듯한 한국에서의 경험이 떠오른다. 한국에서 하던 일을 그만두고 고향 호주로 돌아가겠다고 결정한 절친한 친구 앤드류가 내게 자신이 쓰던 휴대폰을 쓰겠냐고 물었다. 그 때는 2001년이었고 나는 휴대폰이 없었으므로 그러겠다고 했다. 휴대폰이 생긴다는 건 멋진 일이었다. 유일한 단점은 전화번호가 앤드류가 쓰던 번호 그대로여서 앤드류를 찾는 사람들의 전화를 받을 때가 가끔 있었다는 것이다. 어느 날 전화벨이 울렸다. "여보세요." 내가 받았다. "앤드류, 나에요!" 영어를 아주 유창하게 하는 떠들썩한 한국 남자의 목소리였다. "저…" 내가 말을 시작했지만 그가 내 말을 끊었다. "앤드류, 나를 기억 못하는군요! 나에요, KBS 청주 방송국의 미스터 리." '잠깐만. 앤드류가 방송국 관계자의 친구였다구? 흠…' 난 생각했다. "아, 미스터 리!" 내가 말했다. "미안해요. 목소리를 못 알아들었어요! 어떻게 지내세요?"

그의 용건은 자신이 제작하고 있는 5분짜리 TV 다큐멘터리 시리즈 중 하나가 낡고 이상하고 읽기 어려운 '매큔-라이샤워' 표기법에 대한 것인데 매큔-라이샤워 표기법으로 쓰인 영어 표지판을 힘들게 읽는 외국인의 모습을 찍어야 한다는 것이었다. 나는 주말에 KBS 스튜디오에서 그를 만나기로 했다. 그가 나를 만나면 "당신은 누구요? 앤드류는 어디 있소?"라고 물을 것이 뻔했지만 한번쯤 한국의 방송국을 구경하고 싶었고 미스터 리도 자신을 속인 것에 대해 잠시 기분은 나쁘겠지만 어쨌든 다큐멘터리에 나를 출연시킬 거라고 내기를 걸어 보았다. 그렇게 급하게 외국인을 어디서 구한단 말인가? 내 예상은 적중했다. 토요일 아침 나는 미스터 리와 KBS 로비에서 스탭진의 준비가 다 될 때까지 기다리고 있었다. 그런데 검은 양복을 입은 웬 건장한 한국 남자가 내게 인사하더니 다짜고짜 "펄사(Pulsar)라는 이름 어때요?" 라고 묻는 것이었다. 그의 다소 무례하고 저돌적인 태도에 내가 당황스러워 하자 그제서야 그는 자신이 음반 기획자이고 지금 여성 보컬 그룹을 만드는 중인데 자신이 생각해 낸 그룹의 영어 이름에 대해 내 생각을 묻고 싶다고 했다고 하면서 다시 "펄사(Pulsar)라는 이름 어때요?"라고 물어보았다. 나는 닛산의 펄사 자동차가 떠올랐고, 그래서 그렇게 말해 주었다. "우주적인 이름, 천문학적인 이름을 만들고 싶었어요." 그가 말했다. 그래서 나는 이렇게 대답했다. " '노바(Nova)'나 '수퍼노바(supernova)'는 어때요? '노바'는 폭발하는 별이에요. 아주 밝고 아주 뜨겁고 아주 크죠! '수퍼노바'는 더 크고요. 수퍼노바는 모두의 눈길을 끌어요. 또 '노바'는 여자 이름이고 라틴어로 '새로운'이란 뜻이에요. 좋은 생각이죠!" 양복을 입은 남자는 내 제안에 감사하다고 했지만 별로 깊은 인상을 받지는 못한 것 같았다.

여기서 내 이야기의 요점은 여성의 상품화를 기획하는

사람은, 여차여차해서 우연히 가게 된 방송국에서 내게 말을 걸었던 음반기획자처럼 지배자 타입의 남자인 경우가 많다는 것이다. 특히 여성 음악그룹들이 만들어지는 과정을 보면 내가 하고 있는 주장을 압축적으로 보여주는 것 같다. 여성 음악그룹은 대부분 직접 음악을 만들거나 직접 악기를 연주하지 않는 보컬그룹인 경우가 많다. 그들 각자의 개성이 잘 드러나는 춤마저도 누군가가 치밀하게 지정해준 안무에 충실히 따르는 것이 대부분이다. 즉 그들은 예술적 표현이라는 목표보다는 시장의 한 부분을 만족시키고 큰돈을 벌기 위해 고안된 제품인 것이다.

물론 이것은 여성 그룹에 국한된 얘기도 아니고 예외도 있다. 지금은 해체되었지만 스파이스 걸스나 데스티니스 차일드를 보면 그들이 자신을 진실되게 혹은 열정적으로 표현하고 있고 스스로 즐기고 있다는 느낌을 받을 수 있다. 여성들은 실제로 섹스를 하지 않으면서도 자신의 성을 자유롭게 표현하기 위해 전통적으로 음악과 춤을 이용했다. 스파이스 걸스나 데스티니스 차일드는 음악과 춤을 통해 자신을 정직하게 표현하는 열정적이고 성적 매력이 있는 성숙한 여성을 잘 보여주었고 그들의 노래는 그들의 성의 성숙함과 정직함의 진화를 보여준다.

* * *

모든 연령대의 소녀, 혹은 여자들은 자신의 개성을 표

현하고자 하는 당연한 욕구가 있다. 어린 소녀에게 있어서 이 욕구는 성적 매력이 넘치는 성인 여성을 우상화하는 것과 그들처럼 옷을 차려 입는 것으로 나타나기도 한다. 자유경제 시장은 소녀들의 이런 욕구로부터 이윤을 얻을 수 있다는 것을 알고 있다. 그러나 우리 사회는 그들이 육체적, 정신적으로 충분히 성숙하기 전에 아동성도착자 같은 사회악으로부터 보호해야 할 의무 또한 있다. 아니, 적어도 그것을 부추겨서는 안 된다.

Krista™

the great new fashion doll!

교체 가능한 두피로 77가지의
헤어스타일을 즐기세요!(별도 판매)
헤어스타일을 모두 모아 보세요!
친구와 교환해서 즐기세요!

실리콘 라텍스로 만들어
진짜 피부 같아요!

27 종의 남자인형 중에서
크리스타의
남자친구를 골라 보세요!
매월 종류가 더해집니다.
모두 모아 보세요!
(별도 판매)

신축성 있고 충전 가능한 자궁으로
임신 가능! (태아는 별도 판매)

크리스타™ 란제리 컬렉션 출시 임박!

CASHM

마놀로 블라닉, 지미추 등 105가지
유명 디자이너 슈즈!
매 시즌 종류가 더해집니다!

크리스타™는 재치가 넘치고 PR회사에 다니는 멋진 현대 여성! 크리스타™는 쇼핑
을 좋아하고 패션으로 자신을 표현해요! 그녀는 친구들과 함께 있기를 좋아하고
스쿠버 다이빙과 히말라야 트레킹도 좋아해요! 하지만… 그녀는 외로워요. 그녀가
인생에서 진정으로 원하는 것은 남자를 만나서 결혼하고 정착하고 가정을 꾸리는
거예요!

편집자의 글

개정판에 부쳐

마크와 처음 연락이 닿은 것은 2006년 4월경이다. 나는 뭔가 재미있는 기획거리를 분주히 찾아다니고 있었고 불현듯 생각난 것이 '스머프 마을이 사실은 공산주의를 상징한다'라는 취지의 글이었다. 인터넷에서 그냥 스치듯 읽었을 뿐인 그 글은 오랜 시간이 지났었는데도 나의 뇌리 속에 남아 있었고 되뇔수록 뭔가에 뒤통수를 얻어맞은 듯한 충격을 느끼게 했다. 믿었던 누군가에게 뒤통수를 맞는다는 건 세상에서 제일 불쾌한 일이겠지만 그 글은 뭔가 상쾌한 배신이랄까? 아무튼 책 출간에 큰 기대를 걸고서라기보다 '이런 글은 도대체 누가 썼을까?'하는 단순한 호기심에 수소문을 한 결과, 뜻밖에도 그 글의 주인공은 한국에서 영어 강사 경력이 있는 호주 사람이었다. 나는 이메일로 마크에게 스머프 분석과 같은 글이 더 없냐고 물었고 마크는 다른 8편의 에세이를 내놓았다. 그렇게 나는 생면부지의 외국인과 덜컥 출간계약을 맺어 우왕좌왕 끝에 2008년에 이 책을 출간하게 된 것이다.

출간 작업을 하며, 그 뒤로도 종종 마크가 한국에 들어오면 직접 만나서 얘기 나누고 밥 먹고 술이나 차를 마시곤 했다. 국립중앙박물관도 한 번 가본 것 같고 다크나이트도 같이 본 듯하다. 그는 늘 스케치하고, 갑자기 입술에 손가락을 댄 채 뭔가 새로운 생각에 골똘해지고, 호기심 어린 표정으로 주위를 두리번거리는 사람이었다. 이 『마크슈미트의 이상한 대중문화 읽기』는 그런 그의 모습을 고스란히 옮겨놓은 듯한 책이다. 2미터에 육박하는 그와 만나고 돌아오면 늘 목이 뻐근했지만 한국, 일본, 대만뿐만 아니라 미국, 유럽 등 전 세계를 자유롭게 유랑하는 그의 경험담을 듣는 것은 쏠쏠한 재미였다. 언젠가일지 모르지만 그의 차기작도 그런 유랑 속에서 나올 것 같다.

뜻밖의 기회(소설가 장정일 씨의 서평, 그리고 뜬금없는 네이버 오늘의 책 선정)로 초판 재고를 털어내고, 이 책의 개정판을 내놓게 되었다. 표지와 내지 디자인을 조금씩 바꿨고 시차에 따른 몇몇 정보의 오류들을 수정하였다. 초판을 사신 독자가 이 책을 다시 구입할 필요는 없다. 책은 그 자체로 생명력을 가진 듯하다. 운도 제각각 타고나는 것 같고 그 시기도 돌발적이다. 이 책이 어떤 행보를 보일지 지켜볼 작정이다.

2010년 11월